Die Autorin

Nuta Melinte ist am 5.2.1960 in Rumänien geboren, sie ist Grundschullehrerin, Schriftstellerin und eine große Tierliebhaberin. Zusammen mit ihrem Mann, ihrer Labradorhündin und der kleinen Katze *Gaga* lebt sie in Traiskirchen bei Wien.

In Ihrem Debütroman ist sie dem kulturellen Erbe Rumäniens auf der Spur und erzählt abenteuerlich die Mythen des Vlad Tepes, die ihr selbst auf einer Reise nach Kalda widerfuhren.

Nuta Melinte

VLAD
Die mystische Stimme
des Klosters Kalda

Erste Auflage 2019
© Nuta Melinte 2019
Kontakt unter: nuta.melinte@gmx.at

Illustration: Jens Kuczwara, 2019

ISBN: 9781099851148
Imprint: Independently published

Für meine Söhne,
die immer an mich als Schriftstellerin geglaubt haben.

Kapitel 1

Der Weg mit dem Taxi von Bukarest nach Kalda schien an diesem Sommertag endlos. Schuld daran waren die vielen Baustellen auf den breiten Boulevards, die zur Behinderung des Verkehrs führten. Die Stadt zu verlassen wurde gerade jetzt für hunderte von Fahrzeugen zu einer langwierigen Angelegenheit, die die Geduld auf eine harte Probe stellte.

Im neunzehnten Jahrhundert war Bukarest, von französischer Architektur inspiriert, umgestaltet und als „Paris des Orients" bezeichnet worden. Die Hauptstadt hatte ihren früheren Charme dank der schönen Kaffeehäuser, luxuriösen Hotels, prächtigen Paläste und Jugendstilgebäude nicht verloren. Im Gegenteil, Bukarest war gleich nach dem Sturz der kommunistischen Regierung zu einem begehrten Standort für ausländische Investoren geworden, die alle danach strebten, große Profite zu erzielen. Das brachte eine rasche Modernisierung der Infrastruktur mit sich, die wiederum überall in der Stadt zu Straßenarbeiten führte und gleichzeitig für ein ziemliches Chaos sorgte – ein Hindernis für eine Stadt, die durch ihren ständigen Wandel noch dynamischer und lebendiger geworden war als zuvor.

Stefan war keiner von diesen gierigen Investoren. Sein Aufenthalt in Bukarest hatte nichts mit Geld zu tun, sondern mit einer emotionalen Angelegenheit, die ihn seit einiger Zeit bedrückte. Er saß jetzt fest, so wie alle anderen Reisenden in dem dichten Verkehr, und hoffte auf eine Lücke, die das Taxi nutzen konnte. Vergeblich. Die Autokolonnen bewegten sich nur langsam weiter. Ihm blieb nichts anderes übrig, als zu warten.

Er ignorierte die bedrückende Situation so gut es ging, und versuchte, seine Gedanken in eine andere Richtung zu lenken und die Aussicht jenseits der unerträglichen Baustellen zu genießen. Im Vorbeifahren sah er den Herastrau-Park mit seiner Roseninsel und dem japanischen Garten und den Parlamentspalast, das zweitgrößte Gebäude der Welt. Er dachte bei diesem herrlichen Blick sofort daran, seinen Aufenthalt in Bukarest zu verlängern, um mehr über die Geschichte und die

Architektur der Stadt zu erfahren. Er war erst am vorigen Tag nach Rumänien geflogen und hatte in einem Fünf-Sterne-Hotel im Zentrum eingecheckt. Bei seiner Ankunft war er vom Manager des Hotels persönlich begrüßt worden, der ihm einen schönen Aufenthalt und gute Erholung wünschte.

Stefan, ein attraktiver, großer Mann, Mitte dreißig, mit schwarzem Haar, braunen Augen und sportlicher Figur, fiel durch seine Erscheinung sofort auf. Seine elegante weiße Hose aus feiner Baumwolle, die braunen Mokassins und das schwarze Seidenhemd spiegelten seine legere und gleichzeitig elegante Art, mit der er viele Blicke auf sich zog. Diese Aufmerksamkeit kümmerte ihn jedoch sehr wenig, er war stets in Gedanken versunken. Die drei Urlaubstage, die er sich für diesen Ausflug genommen hatte, sollten ihm dabei helfen, die innere Unruhe, die ihn seit einigen Monaten bedrückte, zu beseitigen.

Trotz des angenehmen Ambientes im Hotel fand er in der Nacht kaum Schlaf, zu viel ging ihm durch den Kopf. Erst frühmorgens schlief er ein und schon ein paar Stunden später stand er wieder auf, um sich für den anstehenden Tag vorzubereiten.

Im Restaurant bestellte er Lachs, Croissants und Kaffee und gab dem jungen Kellner ein großzügiges Trinkgeld. Stefan genoss das köstliche Frühstück und blickte dabei die ganze Zeit über durch das breite Fenster hinaus auf den Victoria-Palast, eine der beliebtesten Touristenattraktionen, was daran lag, dass die Verbindung zwischen Moderne und Tradition äußerst gelungen war.

An der Rezeption fragte Stefan nach einer Landkarte. Der Hotelangestellte im schwarzen Anzug wirkte etwas überrascht, als er hörte, dass sein Gast nach Kalda wollte. Nach einem kurzen Zögern sagte er: „Sie brauchen keine Karte. Kalda liegt nicht weit von Bukarest entfernt. Am besten nehmen Sie ein Taxi dorthin. Und versuchen Sie, nicht zu lange dort zu bleiben."

Stefan verneinte.

„Ich habe etwas, das vielleicht interessant für Sie sein könnte", sagte der Angestellte und gab Stefan ein Buch mit goldenen Rändern. Stefan bedankte sich für die Auskunft und verließ das imposante Foyer. Draußen wartete eine ganze Reihe von Taxis auf Kunden. Er näherte sich dem ersten Taxi, und der Fahrer, ein kleiner Mann Mitte vierzig in einem Trainingsanzug und mit einer Mütze auf dem Kopf, begrüßte ihn höflich und öffnete ihm schnell die Tür.

Stefan blieb noch einen Augenblick stehen und starrte das Auto an: ein alter, rostiger Dacia mit einigen Ketten mit Kreuzen und Duftbäumchen am Rückspiegel. Er blickte sich um, in der Hoffnung, eine andere Automarke zu sehen, aber alle Taxis sahen ähnlich aus. Der westliche Einfluss war hier wohl noch ganz am Anfang.

Die Stimme des Chauffeurs drang in seine Gedanken: „Wohin soll ich Sie bringen, Herr?"

„Nach Kalda", antwortete Stefan auf Rumänisch.

Der kleine Mann riss seine Augen auf, zögerte einen Augenblick und sagte dann ein wenig irritiert: „Das liegt aber fünfzehn Kilometer von Bukarest entfernt."

Stefan spürte eine gewisse Unruhe in seiner Stimme.

„Ist das ein Problem?" fragte er.

„Ich war noch nie dort."

„Und? Ich auch nicht. Ich zahle Ihnen hundert Deutsche Mark für den ganzen Tag. Was sagen Sie? Oder soll ich den nächsten Fahrer fragen?"

„Nein, nein", rief der Taxifahrer. Das Angebot war für ihn sehr verlockend, da er normalerweise in einer Woche so viel verdiente. Dann rieb er sich nachdenklich übers Kinn und schüttelte leicht den Kopf: „Ich fahre Sie hin, aber nur unter einer Bedingung."

„Welche?"

„Dass wir schon vor der Dämmerung zurückkehren."

„Das habe ich auch vor."

Stefan atmete tief durch. Beunruhigt fragte er sich, warum der Taxifahrer sich so seltsam benommen hatte. Was steckte dahinter? War es eine Strategie, um mehr Geld zu bekommen, die „Entfernung" oder lag es einfach nur an der kleinen Ortschaft, die er besuchen wollte? Doch bevor er weiter darüber nachdenken konnte, saß er schon im Taxi.

Er sah kurz zu dem Fahrer, musterte sein Gesicht und fragte sich, was der kleine Mann zu verbergen hatte. Ein seltsamer Gedanke kam ihm in den Sinn: Kalda, die unbekannte Ortschaft. Sollte das der Grund sein, dass der Chauffeur am Anfang zurückhaltend gewesen war und schließlich nur wegen des Geldes sein Angebot angenommen hatte?

Stefan lehnte sich zurück und versuchte, seine Gedanken zu ordnen. Die Entscheidung ein Taxi zu nehmen, statt auf eigene Faust mit dem Zug oder dem Bus nach Kalda zu fahren, war richtig gewesen. Er fühlte sich diesbezüglich innerlich gelassen. Aber war es auch richtig, die kleine Ortschaft überhaupt zu besuchen? Sein Magen verkrampfte sich. Zuerst der Rezeptionist und jetzt auch der Chauffeur gaben ihm das Gefühl, dass seine Reise nach Kalda nicht unbedingt ungefährlich sein könnte. Dann wischte er diese Gedanken fort. Ihn hungerte nach einem Abenteuer, deshalb nahm er diese Herausforderung an und wollte nicht weiter an irgendwelche Konsequenzen denken. Dennoch freute er sich, dass er nicht allein zu diesem unbekannten Ort fuhr. In diesem Moment kam ihm in den Sinn, dass der kleine Mann, der am Steuer saß, nicht nur sein Chauffeur, sondern auch sein moralischer Begleiter war.

Stefan sah ihn an und fragte: „Wie ist Ihr Name?"

„Marin. Ich heiße Marin."

„Haben Sie Angst nach Kalda zu fahren, Marin? Ich habe eine gewisse Unruhe in Ihrer Stimme gespürt."

„Ich fahre nicht so gern außerhalb von Bukarest, das ist alles", wiegelte der Taxifahrer ab.

Während der Fahrt unterhielten sie sich über die Gastfreundschaft der Menschen in Rumänien und über die wichtigsten Ereignisse des letzten Jahres, als sich die politische Lage im Land plötzlich geändert hatte. Der Taxifahrer empfand Stefan trotz seines merkwürdigen Ziels als einen angenehmen Fahrgast.

Eine Weile schwiegen sie und Stefan sah aus dem Fenster. Es war schon zehn Uhr, seit einer Stunde befanden sie sich in dem dichten Verkehr. Die Sonne brannte vom Himmel und die Fahrt entpuppte sich langsam als regelrechte Qual. Stefan musste sein Gesicht, die Stirn und den Hals ständig mit einer Serviette abwischen. Sein schönes Hemd klebte an Brust und Rücken und seine Hose an den Oberschenkeln.

„Wieso bin ich nicht mit meinem klimatisierten Wagen von Wien hergekommen? Ich hätte mir zumindest auf der Fahrt diese furchtbare Hitze erspart", brummte er halblaut.

„Sie leben in Wien?", fragte der Fahrer.

„Ja, seit dreißig Jahren. Geboren bin ich hier in Rumänien."

„Das heißt, Sie haben als Kind das Land verlassen."

„Ja, ich war fünf, als meine Eltern nach Österreich ausgewandert sind."

„Sie sprechen aber perfekt Rumänisch, als hätten Sie Ihr ganzes Leben hier verbracht."

„Sehr nett von Ihnen, dass Sie das sagen, aber ich muss gestehen, dass ich in Wien Rumänisch, das heißt Romanistik, studiert habe. Jetzt unterrichte ich dort an der Universität."

„Sie sind ein Professor?"

„Richtig."

„Und ich habe Sie aufgrund Ihres Aussehens für einen Geschäftsmann gehalten. Was führt Sie nach Bukarest, besser gesagt nach Kalda?"

„Mein bester Freund, Vasile, ist beim Kloster von Kalda begraben. Ich möchte sein Grab besuchen. Er hat seine letzten Jahre hier in Bukarest verbracht und starb dann an Lungenkrebs. Während seiner Krankheit besuchte er oft das Kloster, manchmal übernachtete er auch dort. Die Mönche und die ganze Umgebung haben ihn damals so stark beeindruckt, dass er sich wünschte, dort begraben zu werden. Er erzählte mir damals, als er kurze Ausflüge nach Wien machte, voller Leidenschaft und Begeisterung von den Eigenarten der Mönche, die in diesem Kloster leben, aber auch von ihren außergewöhnlichen Fähigkeiten. Es muss ein besonderer Ort sein. Ich kann kaum erwarten, dort anzukommen."

„Ich habe auch schon Dinge über Kalda gehört", erwiderte der Fahrer.

„Was haben Sie gehört?"

„Nicht viel, nur, dass dieser Ort sehr geheimnisvoll ist."

„Inwiefern?"

„Das kann ich Ihnen nicht sagen, ich weiß es selbst nicht. Ich bringe Sie dorthin, aber Sie dürfen nicht zu lange bleiben. Sobald wir dort sind, besuchen Sie das Grab Ihres Freundes und danach kehren wir nach Bukarest zurück, bevor es dunkel wird."

„Genau das habe ich vor. Und wenn wir in Bukarest sind, dann lade ich Sie zum Abendessen ins Hilton ein", erwiderte Stefan lächelnd.

„Wirklich? Sie laden mich ins Hilton ein? Ich arbeite dort seit über fünfzehn Jahren als Taxifahrer, aber ich war noch nie drin. Für einen Mann wie mich sind die Preise dort zu hoch. Wenn ich das meinen Freunden erzähle, werden sie es nicht glauben."

„Dann müssen wir ein paar Fotos schießen", meinte Stefan und grinste.

„Ja, das ist eine gute Idee."

Nach einer weiteren Stunde begann der Verkehr, langsam flüssiger zu laufen, und der Fahrtwind machte die Hitze erträglicher. Bald darauf verließen sie die Stadt und kamen auf die Bundesstraße.

„Endlich sind wir aus diesem Chaos raus", seufzte Stefan zufrieden.

Nach weiteren zehn Minuten Fahrt kam ein Schild mit mehreren Ortschaften, darunter auch Kalda. Der Name stand ganz unten und war sehr klein. Fast hätten Sie die Ausfahrt übersehen, als bald darauf ein großes Straßenschild mit dem Namen Kalda auftauchte.

Stefan las mit lauter Stimme: „Otopeni und Kalda, das ist unsere Ausfahrt!"

Marin blickte schnell nach rechts, bog von der Bundesstraße ab und fuhr langsam weiter.

Stefan meinte: „Ich muss gestehen, dass ich bisher noch nicht mit solchen Straßenverhältnissen konfrontiert wurde. Ich bin sehr froh, es bald hinter mir zu haben."

Der Taxifahrer nickte ihm freundlich zu. Sie fuhren nun über eine wunderschöne Landstraße, an deren Rändern riesige Kastanienbäume standen. Das grüne Gras der Felder verbreitete einen herrlichen Duft und so weit das Auge reichte, war nichts anderes zu sehen. Es herrschte eine schläfrige Stille. Stefan suchte vergeblich nach Menschen, einem Tier oder Häusern. Es war, als wären sie in einer grünen, endlosen Wüste.

Nur die Hitze, die vom Asphalt aufstieg, begleitete sie, bis sie schließlich nach Otopeni kamen. Sie fuhren die lange, breite Hauptstraße entlang. Da die Gehsteige sehr schmal waren, benutzten die Dorfbewohner auch den Straßenrand zum Gehen. Deshalb fuhr Marin besonders langsam. Die Häuser waren herrlich bunt, gelb, beige, grün und blau, und hatten breite, hohe Tore. Die Ortschaft wirkte lebendig und sehr freundlich. Viele Menschen winkten als Zeichen des Willkommens, als sie das Auto sahen. Zwei Hunde, ein schwarzer und ein brauner, liefen neben dem Auto her. Ein Heuwagen kam ihnen entgegen. Als sie sich diesem näherten, hielt der Taxifahrer an und begrüßte höflich die zwei alten Männer, die den Pferdewagen fuhren.

„Guten Tag! Könnten Sie uns sagen, wie wir nach Kalda kommen?"

„Nach Kalda? Was wollen Sie dort?", fragte einer der alten Männer ein wenig überrascht.

„Warum fragen Sie?"

„Nur so."

„Mein Fahrgast kommt aus Österreich und möchte das Grab eines Freundes besuchen."

Die beiden alten Männer schauten sich an, als müssten sie sich erst über eine Antwort einigen. Stefan beobachtete sie neugierig. Sie waren traditionell gekleidet und trugen Trachtenkleidung, wie ihre Vorfahren, die Walachen, es schon Jahrhunderte lang getan hatten. Das fand Stefan sehr interessant, denn die meisten Dorfbewohner, denen sie begegnet waren, trugen moderne Kleidung.

Schließlich sagte derjenige, der die Zügel in der Hand hielt: „Sie müssen nur der Straße folgen. Sobald sie aus dem Dorf heraus sind, fahren sie immer geradeaus. Nach etwa zehn Minuten erreichen Sie Kalda. Auf der linken Seite sehen Sie dann das Hinweisschild für das Kloster."

Der Taxifahrer bedankte sich für die Auskunft und fuhr weiter, als sich der Himmel schlagartig verdunkelte. Schwarze Wolken bedeckten plötzlich den Himmel und sorgten für einen heftigen Regenschauer. Die großen Regentropfen, die auf das dünne Autodach fielen, hörten sich an wie die Töne eines Schlagzeugs.

Marin fuhr rechts ran und hielt an, da er kaum noch etwas sah. Stefan schaffte es gerade noch rechtzeitig, das Fenster zu schließen. Schon nach wenigen Minuten hörte der Regen auf. Es war genug gewesen, um die Luft zu reinigen und die Hitze ein wenig zu vertreiben.

Der Taxifahrer wollte weiterfahren, als Stefan ihn zurückhielt. Er hatte auf der anderen Straßenseite ein Kaffeehaus entdeckt.

„Warten Sie, ich lade Sie auf einen Kaffee ein", sagte er und deutete auf die hübsche Terrasse, die von Zitronenbäumen und Jasmin gesäumt war.

„Gern, das ist eine sehr gute Idee. Ich kann aber mehr als einen Kaffee vertragen", sagte Marin und deutete auf die antike Zapfanlage.

„Auch wenn Sie im Dienst sind?", fragte Stefan erstaunt.

„Das war nur ein Scherz."

„Das hoffe ich doch."

Marin spürte die Strenge in Stefans Stimme und lächelte ihm beruhigend zu. Er freute sich, dass er in einem Kaffeehaus einkehren konnte, auch wenn er nur einen Kaffee trinken würde. Außerdem gefiel es ihm, die Aufmerksamkeit eines Universitätsprofessors zu haben.

Sie stiegen aus dem Auto und streckten ihre steifen Gliedmaßen. Dann atmeten sie tief durch, die frische Luft nach dem Regen tat gut und erfrischte die Lungen. Der Fahrer schloss das Auto ab und folgte Stefan, der schon im Kaffeehaus verschwunden war. Zu ihrer großen Überraschung war der Raum mit Gästen überfüllt, die Terrasse dagegen war nicht belegt. Sie gingen zu einem freien Tisch in einer gemütlichen Ecke. Ein alter, sehr gepflegter Kellner mit einer schwarzen Schürze kam zu ihnen, wischte den Tisch und die Stühle trocken und nahm die Bestellung auf.

„Ein Kaffee und ein Mineralwasser", sagte Marin, nachdem sein Fahrgast ihm zugenickt hatte. Stefan bestellte das Gleiche.

„Möchten Sie auch etwas essen?", fragte der Kellner.

„Haben Sie Sarmale und Mamaliguta?" fragte Stefan.

„Natürlich, sie stehen täglich auf dem Menüplan."

„Dann zweimal, bitte."

Der Kellner verschwand ins Innere des Hauses. Stefan betrachtete das Schild des Lokals, das aus diesem Winkel sehr gut zu erkennen war. Offensichtlich war dieses Kaffeehaus auch ein Gästehaus, das Zimmer für Reisende zu Verfügung stellte. Die Sauberkeit beeindruckte ihn und er genoss den herrlichen Duft nach Zitronen und Jasmin. Fasziniert betrachtete er das Mobiliar, die Tische und die Stühle sowie die kleinen Kommoden, die unter dem Dach an den Wänden standen. Alles war aus massivem Holz angefertigt, wunderhübsch verziert und lackiert. Das gab Stefan das Gefühl, sich in einem Schloss zu befinden statt im Kaffeehaus eines kleinen Dorfes.

Der Kellner kam bald mit ihrer Bestellung zurück. Stefan nutzte die Gelegenheit und sagte: „Ich sehe, dass Sie hier auch Zimmer anbieten."

„Ja, bei uns übernachten viele Touristen."

„Touristen?"

Stefan dachte kurz nach. Die Gäste im Inneren des Kaffeehauses hatten tatsächlich nicht wie Einheimische ausgesehen, zumindest die meisten von ihnen. Draußen auf der Straße waren aber keine Autos oder Busse zu sehen. Er fragte sich, wie diese Menschen hergekommen waren.

„Was machen die Touristen hier? Was gibt es hier zu besichtigen?", erkundigte er sich.

„Was es hier zu besichtigen gibt? Das wissen Sie nicht?", fragte der Kellner überrascht.

Stefan blickte kurz zu seinem Fahrer. Dieser zuckte mit den Schultern und hob fragend die Augenbrauen.

„Warten Sie einen kurzen Moment", sagte der Kellner. Er ging ins Haus und kehrte nach wenigen Augenblicken mit einem Prospekt in der Hand zurück.

„Das ist für Sie", sagte er und überreichte es seinem Gast.

Stefan las laut den Titel: „Auf den Spuren der walachischen Fürsten." Dann steckte er es in seine Tasche, ohne es genauer anzusehen. Der Kaffee roch so gut, dass er sofort einen Schluck nahm. Marin tat es ihm gleich.

„So einen guten Kaffee habe ich nicht einmal in Bukarest getrunken", sagte er anerkennend.

„Da haben Sie recht, er schmeckt außergewöhnlich gut", stimmte Stefan ihm zu.

Sie genossen die köstlichen Sarmale, mit Reis und Fleisch gefühlte Kohlblätter, und die Mamaliguta, das rumänische Wort für Polenta. Dann plauderten sie ein bisschen über die Kinder, die auf der Straße barfuß spielten, und über die Menschen, die vor den Häusern saßen. Dabei merkten sie nicht, wie schnell die Zeit verging. Nach fast einer Stunde nahm Stefan noch einen letzten Schluck Wasser und rief den Kellner, um zu bezahlen.

Als dieser die Rechnung brachte, war Stefan sehr überrascht, denn es war ein schwarzes Blatt mit weißer Schrift. So etwas hatte er bisher noch nie gesehen, doch er bezahlte, ohne nachzufragen, und steckte die ungewöhnliche Rechnung ein.

Dann bedankte er sich für die Gastfreundschaft und die beiden Männer verließen das Gasthaus.

„Dieser Ort gefällt mir", sagte der Taxifahrer.

Stefan erwiderte nichts darauf. Das Kaffeehaus hatte ihm überaus gefallen, aber nun war er froh, dass sie die Reise fortsetzten. Er hatte schon vor ein paar Monaten in diese Gegend kommen wollen, und jetzt, da er fast am Ziel war, fing sein Herz an, schneller zu schlagen.

Nach wenigen Minuten Fahrt entdeckten sie ein kleines Schild auf der linken Seite, das ihnen den Weg zum Kloster wies. Erstaunt stellte Stefan fest, dass Kalda keine Ortschaft war, sondern nur das Kloster.

„Herr Stefan! Da vorne, sehen Sie?", rief der Chauffeur.

„Was meinen Sie?", erwiderte Stefan verwirrt.

„Direkt bei der Einfahrt! Sehen Sie diesen Mann?"

Stefan erschrak, als er die Gestalt erblickte. Sie war gänzlich in Rot gekleidet und hatte an der Seite eine Art Flügel – fast wie bei einer Fledermaus. Mit sanften Flügelschlägen schien sie den zwei Reisenden den Weg zu weisen. Die beiden Männer starrten mit weit aufgerissenen Augen das furchteinflößende Wesen an. Marin hielt den Wagen an.

„Hat sich da jemand als Vampir verkleidet?", fragte Stefan zögerlich.

„So sicher wäre ich mir da nicht", erwiderte Marin langsam und mit leiser Stimme.

„Was meinen Sie damit? Glauben Sie etwa, dass es hier echte Vampire gibt?", fragte Stefan. Er brachte die Worte kaum heraus.

„Die Bewohner der Umgebung erzählen jedenfalls von merkwürdigen und sehr unheimlichen Dingen, die hier passieren", erwiderte Marin stockend.

„Und Sie, glauben Sie, dass diese Geschichten wahr sind?", hakte Stefan nach. Langsam wurde ihm klar, warum der Taxifahrer anfangs so zurückhaltend gewesen war, als er ihm das Fahrtziel genannt hatte. Entschlossen befahl er dem Fahrer: „Fahren Sie weiter. Ich möchte diese Person von Nahem sehen."

Doch als sich das Fahrzeug dem Wesen näherte, öffnete es mit einem Schwung seine langen schwarzen Flügel und stieg lautlos und sekundenschnell zum Himmel empor. Stefans Neugier verwandelte sich blitzartig in Furcht bei dem Gedanken daran, dass der Chauffeur doch recht haben könnte.

Nach einer unangenehmen Stille ordnete Stefan seine Gedanken, schluckte das flaue Gefühl hinunter und sagte: „Ich glaube, das war ein Teil der Touristenattraktion hier in der Gegend, eine Vorführung oder optische Illusion. Ich meine, davon gelesen zu haben."

Marin antwortete darauf nichts, doch sein Blick sprach Bände. Nach einer kurzen Zeit des Schweigens fragte er Stefan schließlich verunsichert, ob er sicher sei, dass er weiterfahren wolle.

„Was meinen Sie damit? Haben Sie etwa Angst?", erkundigte sich Stefan.

„Um ehrlich zu sein, ein wenig Angst habe ich schon bei dieser Sache. Sie etwa nicht?", erwiderte der Taxifahrer und löste langsam seinen Blick von der Stelle, an der die Gestalt gestanden hatte. Man konnte deutlich erkennen, dass er versuchte, seine Nervosität zu unterdrücken.

„Angst wovor? Vor ...", Stefan stockte kurz. Ihm wurde klar, dass er die Gestalt keinem Wort zuordnen konnte und wollte. Auch war ihm weiterhin unwohl bei der Sache, doch das wollte er dem Chauffeur gegenüber keinesfalls zugeben. Stattdessen wies er Marin an, weiterzufahren.

Dabei erklärte er: „Ich glaube außerdem, dass die Menschen, die wir im Gasthaus gesehen haben, wegen solcher Kuriositäten hierhergekommen sind. Meinen Sie nicht?"

Ohne etwas zu erwidern, fuhr der Chauffeur weiter. Man merkte ihm an, dass er in Alarmbereitschaft war. Wegen der hohen Hecken hätte man die Einfahrt zum Kloster leicht übersehen können, es schien wie ein Versteck im Wald. Nur ein enger, langgezogener Weg verband es mit der Landstraße. Links und rechts standen große, alte Bäume mit langen Zweigen, die über dem Weg ein Dach bildeten. Ihre Äste waren so dicht, dass die Sonne keine Chance hatte, hindurchzuscheinen, weshalb der Weg darunter im Dämmerlicht lag. Es herrschte eine gespenstische Stille, die Stefan fast den Atem nahm. Ein Schauder durchfuhr ihn. War das die Aufregung oder nur die eigenartige Atmosphäre dieses Ortes?

Rasch sah er zu Marin hinüber. Der kleine Mann drückte mit seinen Händen das Lenkrad so stark, dass das künstliche Leder unter seinen Daumen quietschte. Er bewegte seinen Kopf nicht und sein Körper war förmlich auf dem Sitz erstarrt. Nur seine Augen bewegten sich. Plötzlich fing er an, leicht zu zittern. Dabei kam kein Laut aus seinem Mund.

Eine schlimme Gegend, dachte Stefan, traute sich aber nicht, Marin anzusprechen. Der alte Dacia fuhr langsam weiter. Endlich ließen sie den grünen Tunnel hinter sich und kamen auf einen schmalen, hellen Weg mit einem wunderschönen Blick in die Natur. Waldwiesen mit vielen weißen und roten Blumen erfüllten mit ihrem herrlichen Duft die ganze Umgebung, aber nirgends war ein Mensch zu sehen. Mit dem Halbdunkel verschwand auch der besorgte Ausdruck in den Gesichtern der beiden Männer.

Schließlich erblickten sie ein Gebäude mit zahlreichen Türmen und hohen Mauern, das eher wie ein Schloss als wie ein Kloster aussah.

Der Taxifahrer runzelte nachdenklich seine Stirn und fragte:

„Wo sind wir? Sind Sie sicher, dass wir hier richtig sind?"

„Ich denke schon, der Tafel nach muss dies das Kloster sein, auch wenn es nicht danach aussieht."

Das Taxi fuhr direkt vor das Kloster und sie stiegen aus. Von der Hitze vom Vormittag war hier nichts mehr zu spüren. Alles war still, auf dem gesamten Gelände war kein Mensch zu sehen.

Stefan näherte sich dem riesigen eisernen Tor, das weit offen stand. Seine Aufregung wuchs immer mehr. Ein Krieger aus Stein mit einem Schwert in der Hand bewachte den Eingang. Er betrachtete ihn genauer. Um den Hals der Statue hing ein massives Medaillon, das einen Drachen zeigte. Nun erkannte er den Mann, der vor über sechshundert Jahren über die Walachei geherrscht hatte, Vlad II. Dracul.

„Was sucht so eine Gestalt in einem Kloster?", fragte er sich.

Marin streckte seine Hand aus und legte sie auf das Tor, als wollte er sichergehen, dass dies kein Traum war. Dann blickte er zu Stefan und fragte ihn: „Wollen Sie wirklich hineingehen? Wo sind die Mönche, die hier angeblich leben? Ich habe kein gutes Gefühl. Lassen Sie uns umkehren, bevor es zu spät ist."

„Sie brauchen keine Angst zu haben. Sie müssen mich nicht begleiten. Warten Sie hier, bis ich zurückkomme. Es ist früher Nachmittag. Vielleicht halten die Mönche alle Mittagsruhe."

„Ja, vielleicht."

„Ruhen Sie sich aus. Ich komme so schnell wie möglich hierher zurück", sagte Stefan.

Der Taxifahrer atmete erleichtert aus, doch dann bekam er anscheinend ein schlechtes Gewissen.

„Ich komme auch mit", sagte er. „Ich bestehe darauf. Auch wenn ich etwas Angst habe, will ich Sie nicht allein lassen."

„Was kann mir schon passieren? Ich sehe mich ein bisschen um, und wenn ich niemandem treffe, komme ich gleich zurück."

Der Fahrer nickte zögernd. Er zündete sich eine Zigarette an und legte sich auf die Rückbank seines Taxis, nachdem er alle Türen weit aufgerissen hatte.

Nervös näherte sich Stefan dem erstaunlichen Gebäude, das von Nahem genauso gespenstisch aussah wie aus der Ferne. Er trat tiefer in den Hof und suchte mit dem Blick nach irgendeinem Lebenszeichen. Plötzlich schrak er zusammen. War da nicht ein Geräusch gewesen? Schnell drehte er sich um, doch hinter ihm war niemand.

Ich bin nur müde, dachte er und ging weiter.

Ein angenehm warmer Wind wehte durch seine Haare. Plötzlich blieb er wie angewurzelt stehen. Vor ihm stand ein riesiger Drache aus blauem Marmor mit dem Kopf einer Schlange und einem geschuppten Körper. Er hatte tiefgründige weiße Augen, seine Füße erinnerten an die Tatzen einer Raubkatze. Aus seinem Mund floss kristallklares Wasser, das sich in einem Marmorbecken in den Farben des Regenbogens sammelte. Stefan atmete aus und genoss das Farbenspektakel vor seinen Augen.

Ein paar Wassertropfen, die aus dem Becken spritzten, erreichten Stefans Gesicht. Sie waren kühl wie Eis und erfrischten ihn für einen kurzen Moment. Instinktiv wollte er seine Hände sofort in dem Becken abkühlen, zog sie aber schnell zurück, denn ein Gedanke blitzte ihm durch den Kopf: Das kann ich nicht tun. Was ist, wenn dies eine heilige Quelle ist? Aus einem Drachen?

Er überlegte hin und her, doch schließlich steckte er seine Hände in das Becken und schöpfte Wasser, um seinen Hals und sein Gesicht zu erfrischen. Er hatte das Gefühl, sich in einer anderen Welt zu befinden, die nicht unbedingt unangenehm, sondern lediglich geheimnisvoll war.

Ein wenig nachdenklich sah er sich weiter um und entdeckte einen Garten mit unzähligen Blumenarten, Zitronen- und Olivenbäumen. Plötzlich hörte er Schritte hinter sich. Sein Herz klopfte schneller als sonst und er drehte sich hastig um. Hinter ihm stand ein alter Mann. Er hatte tiefe Augenringe und sein Gesicht war mit Falten übersät. Er war groß und schlank und seine grauen Haare reichten fast bis zum Boden, ebenso sein Bart. Ein schwarzer Mantel hüllte ihn von Kopf bis Fuß ein.

Mit einem Lächeln stellte er sich Stefan vor: „Guten Tag! Ich bin Pater Bartolomeo. Wie war Ihre Reise? Ich habe Sie bereits erwartet."

„Sie haben mich erwartet? Woher wussten Sie, dass ich kommen würde?" Der Pater lächelte Stefan an, beantwortete seine Frage aber nicht.

Stefan überlegte, woher der Greis von seinen Plänen wissen konnte. Hatte der Rezeptionist des Hilton Hotels, den er am Morgen nach dem Weg nach Kalda gefragt hatte, mit ihm telefoniert? Der Mann hatte ohnehin komische Fragen über seinen Aufenthalt gestellt und ihm empfohlen, vor Anbruch der Dämmerung zurückzukehren.

Erneut fragte Stefan: „Woher wussten Sie, dass ich komme?"

Der Pater antwortete: „Sind Sie nicht Professor Doktor Stefan Niculescu aus Wien?"

Stefan erbleichte. Der Rezeptionist kannte zwar seinen Namen, aber nicht seine Titel und seine Anschrift.

„Seien Sie unbesorgt, das erkläre ich Ihnen später", versprach Bartolomeo.

„Später? Warum nicht jetzt?"

„Sie werden es selbst herausfinden. Haben Sie nur ein wenig Geduld", erwiderte der Pater. Stefan atmete tief durch. Er stand erneut vor einem Rätsel und hatte zwei Möglichkeiten: Er konnte sofort ins Taxi einsteigen und zurück nach Bukarest fahren oder alle seine mentalen Kräfte sammeln und hierbleiben. Aber er war kein Mann, der schnell aufgab, daher beschloss er, zu bleiben, auch wenn diese Gegend so ganz anders war, als er erwartet hatte. Die plötzliche Unsicherheit, die er verspürt hatte, verschwand. Er wollte die Herausforderung annehmen, wusste aber nicht, wie er mit dem Pater umgehen sollte.

Er versuchte es mit einer anderen Frage: „Wissen Sie auch, warum ich hier bin?"

„Darauf bin ich schon vorbereitet", erwiderte der Pater. „Aber ich möchte Ihnen zuerst das Kloster zeigen, wenn Sie einverstanden sind."

„Gern, das ist sicher sehr interessant."

„Wie Sie sicher schon bemerkt haben, sieht unser Kloster etwas anders aus als andere Klöster. Das liegt daran, dass es auf Wunsch von Vlad II. Dracul, der vor sechshundert Jahren über diese Gegend herrschte, errichtet wurde. Zu jener Zeit wurde die Walachei durch eine Invasion des Osmanischen Reichs bedroht. Vlad Dracul brauchte einen Ort, an dem sein Geist ausruhen und er über die politischen Entscheidungen in Ruhe nachdenken konnte."

„Seine Statue habe ich am Tor gesehen. Aber wieso steht dort dieser Drachenbrunnen?"

„Das werde ich Ihnen gleich verraten. Vlad Dracul war ein guter König und ein sehr tapferer Krieger. Bevor er nach dem Tod seines

Vaters, König Mircea des Alten, König der Walachei wurde, schloss er sich dem Drachenorden an, der von Kaiser Sigismund von Luxemburg angeführt wurde. Nur die stärksten und furchtlosesten Ritter Europas waren Mitglieder dieses Ordens. Ihre Aufgabe war es, den Anmarsch der Osmanen nach Europa zu verhindern. Sehen Sie dort oben die Fahne?"

Stefan blickte in die gezeigte Richtung und sah auf dem höchsten Turm des Klosters eine flatternde Flagge, auf der ein Drache abgebildet war.

„Das ist das Wappen des Drachenordens", erklärte Bartolomeo.

„Aber es ist sicher nicht das originale Wappen", warf Stefan ein.

Bartolomeo sah ihn irritiert an und widersprach: „Nichts kann diesem Wappen schaden. Es hängt dort oben seit Hunderten von Jahren. Regen, Wind und Feuer sind auf es gefallen, aber es ist immer noch da, als sei die Zeit nicht über es hinweggegangen."

Stefan hielt diese Worte für ein Ammenmärchen, sagte aber nichts weiter.

Der Pater fuhr fort: „Nachdem Vlad Dracul seine Pflicht gegenüber dem Drachenorden erfüllt hatte, kehrte er nach Hause zurück, wo sein Vater, der König Mircea, auf ihn wartete. Er war alt und krank und konnte es kaum erwarten, die Herrschaft an seinen Sohn zu übergeben. Vlad Dracul war sich seiner Pflicht bewusst. Er nahm den Platz auf dem Thron ein und versuchte, ein ebenso guter König wie sein Vater zu sein. Als Erinnerung an seine Zeit als Mitglied des Drachenordens trug er an seinem Hals immer eine Kette mit einem massiven goldenen Medaillon, das einen Drachen zeigte. Dieses Medaillon beeindruckte sein Volk dermaßen, dass sie ihm den Namen Dracul gaben, was Drache bedeutet."

Bartolomeo klang mehr wie ein Reiseführer als ein Pater, was Stefan sehr beeindruckte. Er fand seinen Bericht sehr interessant. Der Pater bat ihn nun, ihm zu folgen.

Stefan ging mit ihm zusammen an einer Reihe von Mosaikbildern entlang, die sich von der Mitte des Hofes in alle Richtungen erstreckten. Seine Neugierde wuchs. Sie traten in das Kloster ein und kamen in einen Korridor, der mit goldenen Symbolen verziert war. Ihre Schritte hallten auf dem Marmorboden wider. Am Ende des Flurs kamen sie an eine eiserne Tür. Bartolomeo zog aus seiner Manteltasche einen Schlüsselbund und öffnete sie. Die Tür knarrte leicht, als er sie öffnete. Sie traten in den Raum, ohne die Tür wieder zu schließen. Stefan sah sich neugierig um. Die Wände waren mit zahlreichen Gemälden, die den Kampf des Drachenordens gegen die Osmanen zeigten, geschmückt. In der Mitte des Raumes befand sich ein Schreibtisch, auf dem das Siegel des Königs Vlad II. Dracul sowie Schriftstücke und Aufzeichnungen über die wichtigsten Ereignisse seines Lebens aufbewahrt wurden.

„Was für ein faszinierendes Erlebnis!", freute sich Stefan, während er alles genau betrachtete.

Die Sonne warf ihre Strahlen durch das schmale Fenster, der Nachmittag neigte sich dem Ende zu. Stefan schaute auf die Uhr und merkte, dass fast vier Stunden vergangen waren. Er räusperte sich und sagte: „Pater, es wird bald dunkel. Mir bleibt nicht viel Zeit, das Grab meines Freundes zu besichtigen, weswegen ich eigentlich hergekommen bin."

„Ich weiß, warum Sie gekommen sind. Der Friedhof befindet sich auf der anderen Seite des Klosters. Sie brauchen dorthin mindestens eine halbe Stunde zu Fuß, eine weitere halbe Stunde für den Rückweg. Aber ich nehme an, dass Sie nicht nur ein paar Minuten bei Ihrem Freund bleiben möchten", sagte der Pater und schaute Stefan tief in die Augen.

Diese spürte eine gewisse Kraft in seinem Blick, und traf sofort eine Entscheidung: „Wenn das so ist, dann ergibt es keinen Sinn, mich zu beeilen. Mein Fahrer wartet draußen auf mich. Ich fahre jetzt zurück nach Bukarest, übernachte dort in meinem Hotel und komme morgen früh wieder."

„Sie wollen jetzt nach Bukarest fahren? Warum? Sie können hier übernachten. Ich lade Sie ein, Gast in unserem Kloster zu sein."

„Was? Ich soll hier im Kloster übernachten?", fragte Stefan verblüfft.

„Warum nicht? Wir haben genug Gästezimmer für unsere Besucher."

„Besucher? Warum übernachten denn Besucher hier?"

„Aus Neugierde oder so wie Sie, weil Sie den Blick auf die Zeit verloren haben."

Stefan spürte eine übertriebene Gastfreundschaft in der Stimme des Paters, die ihm unangenehm war. Deshalb wollte er im ersten Moment die Einladung ablehnen, aber sein Mund formte andere Worte: „Warum nicht? Ich werde dem Fahrer sagen, dass ich beabsichtige, hier zu übernachten. Er kann zurück nach Bukarest fahren und morgen zur Mittagszeit wieder herkommen."

„Das ist nicht notwendig. Die Einladung gilt auch für ihn. Ich freue mich, einen zweiten Gast zu haben. Und ich vermute, dass Sie ihn lieber hier bei sich haben möchten."

Stefan war überrascht. Er kannte Marin erst ein paar Stunden und Bartolomeo hatte ihn nicht einmal gesehen. Warum sollte seine Präsenz hier im Kloster von großer Bedeutung sein?

Wer ist dieser alte Mann?, fragte sich Stefan wieder. Er löste sich aber schnell von diesem Gedanken und sagte: „Ich werde den Fahrer fragen, aber ich glaube nicht, dass er einverstanden sein wird, hier zu übernachten."

Er erinnerte sich an Marins Warnung, dass sie diesen Ort schon vor der Dämmerung verlassen müssten, und dachte: Was weiß dieser kleine Mann über diesen Ort? Entweder kennt er tatsächlich ein dunkles Geheimnis oder er weiß gar nichts und seine Angst ist nur das Resultat irgendwelcher Geschichten, die er gehört hat.

Mit diesen Gedanken verließ Stefan den Raum und Bartolomeo folgte ihm. Im Hof fiel die Dämmerung in grauen Wellen über das Kloster, von der Hitze war keine Spur mehr. Ein frischer Wind wehte über Stefans Gesicht. Über allem schwebte eine seltsame Stille, die den Ort noch geheimnisvoller erscheinen ließ. Ein paar Laternen auf Holzpfählen sorgten für ein wenig Licht auf den Wegen.

Als sie an der Drachenstatue vorbeikamen, blieb Stefan plötzlich stehen. Er drehte sich um und sah sich den Drachen genau an. Irgendetwas war anders als vorhin. Der Drache war jetzt so groß, dass sein Kopf über die Mauern ragte. Stefan machte ein paar Schritte auf ihn zu. Er wollte unbedingt sehen, was da passiert war. Bartolomeo, der hinter ihm stand, bemerkte seine Neugierde und hielt ihn auf.

„Es hat sich nichts verändert", sagte er. „Unter dem Wasserbecken gibt es einen Mechanismus, der ihn automatisch nach oben verschiebt, weil das Wasser gereinigt werden muss."

Stefan schaute genauer hin. Er wollte wissen, was das für eine Maschine war, die diesen tonnenschweren Koloss nach oben heben konnte. Aber er konnte nichts entdecken und gab schnell auf. Anscheinend hatte hier alles eine plausible Erklärung, auch wenn er diese nicht verstand.

Als sie das Tor erreichten, blieb der Pater dort stehen. Das Taxi stand genau dort, wo Stefan es verlassen hatte und Marin lag auf der Rückbank in tiefem Schlaf. Stefan klopfte gegen die Tür und weckte ihn auf. Erschrocken richtete der kleine Mann sich auf und sah aus dem Fenster. Als er seinen Fahrgast erkannte, atmete er erleichtert auf und öffnete die Tür. Er stieg aus und richtete seine Bekleidung, die mehr als unordentlich war, dann fragte er: „Fahren wir?"

„Nein, ich werde hier im Kloster übernachten."

Marin dachte zunächst, er hätte sich verhört. Als Stefan aber kein Wort sagte, fing er an, am ganzen Körper zu zittern. Er machte wütend einen Schritt auf Stefan zu und fragte: „Wie bitte? Entschuldigen Sie, haben Sie den Verstand verloren? Sie wollen an diesem Ort über Nacht bleiben? Warum?"

„Ich bin nicht dazu gekommen, das Grab meines Freundes zu besichtigen. Ich wurde eingeladen, hier im Kloster zu übernachten. Morgen früh werde ich das Grab besichtigen und danach kehre ich nach Bukarest zurück."

Der Taxifahrer atmete tief durch und warf Stefan einen stechenden Blick zu.

„Was haben Sie so lange im Kloster gemacht? Warum haben Sie das Grab noch nicht besucht?"

„Wenn Sie es sich ansehen, werden Sie wissen, warum. Sie sind auch eingeladen, hier zu übernachten."

„Was? Ich habe kein Interesse, an einem solchen Ort zu übernachten. Ich verstehe Sie nicht. Wir hatten besprochen, dass Sie nicht lange hierbleiben, und jetzt wollen Sie sogar hier übernachten. Was ist nur mit Ihnen los?"

Ein eiskalter Schauer lief Marin über die Schulter, als er sich seiner Verantwortung bewusst wurde. Er stand vor einer schweren Entscheidung. Er wollte nicht bleiben, aber gleichzeitig konnte er Stefan nicht allein lassen.

„Ich trage die Verantwortung für Sie", sagte er. „Ich habe Sie hergefahren und werde nicht ohne Sie nach Bukarest zurückfahren."

Stefans Augen funkelten vor Bewunderung, als er entdeckte, dass dieser kleine Mann ein verantwortungsbewusster Mensch mit einem guten Charakter war.

„Das heißt, Sie bleiben auch hier?", fragte Stefan.

„Von wem kommt die Einladung? Ich sehe niemand", erwiderte der Taxifahrer unwirsch.

„Von mir", sagte Bartolomeo, der in einigem Abstand stehen geblieben war, und näherte sich dem Auto. „Ich gebe Ihnen mein Wort, dass Sie es nicht bereuen werden."

Marin drehte sich schnell um und sah den Mönch, der wie aus dem Nichts hinter ihm aufgetaucht war. Sein Herz schlug schneller und er musste einige Male vor Aufregung schlucken. Seine Reaktion löste in Stefan eine ganze Reihe von Fragen aus. Ihm wurde klar, dass der Fahrer mehr über diesen unheimlichen Ort wusste, als er gedacht hatte.

Marin atmete tief durch und fragte dann leise und mit zitternder Stimme: „Wer sind Sie?"

„Nur ein Diener Gottes."

„Sind Sie einer der Mönche, die hier leben?"

„Ja, ich bin Pater Bartolomeo. Ich versichere Ihnen, dass Sie hier in guten Händen sind. Seien Sie auch unser Gast. Die Einladung kommt von Herzen."

Der Fahrer sah zu Stefan. Er konnte nicht verstehen, warum er sich plötzlich umentschieden hatte, und seine Unbekümmertheit, ja sogar Begeisterung dafür, im Kloster zu übernachten, waren ihm völlig unbegreiflich. Er musterte den Mönch gründlich und blickte dann wieder zu Stefan, der auf eine Antwort wartete. Nach einer kurzen Pause runzelte er nachdenklich seine Stirn und sagte: „Ich kann Sie nicht alleine hierlassen. Es wäre nicht richtig, ohne Sie nach Bukarest zu fahren. Also gut. Wir sind zusammen hergekommen und wir werden zusammen zurückfahren."

Seine Entscheidung fiel ihm nicht leicht, denn sie widersprach seinem Verstand. Aber sein Gewissen ließ ihm keine andere Wahl.

„Gibt es hier etwas zu trinken, so etwas wie Wein, meine ich?", fragte er den Mönch, um sich selbst etwas Mut zu machen.

„Reichlich, mein Sohn", antwortete Bartolomeo mit einem Lächeln in den Mundwinkeln.

Diese Antwort gefiel Marin. Er setzte ein zufriedenes Gesicht auf, auch wenn er innerlich unruhig war. Bartolomeos Tonfall, der eine Mischung aus Freundlichkeit und Dominanz zeigte, gefiel ihm überhaupt nicht. Marin blickte zu Stefan. Sein fröhliches Gesicht gab ihm Zuversicht. Dann kurbelte er das Fenster hoch, schloss den Wagen ab, richtete seine Mütze und schlug seine Hände zusammen, um sich Mut zu machen.

„Ich bin bereit, komme, was wolle. Hoffentlich frisst mich kein Dinosaurier oder so was Ähnliches", sagte er und lachte laut auf, in der Hoffnung, dass er einen guten Witz gemacht hatte.

Bartolomeo und Stefan sahen sich an.

„Sie werden mit Sicherheit von keinem Dinosaurier gefressen. Aber einem Drachen werden Sie begegnen", meinte Bartolomeo beiläufig.

Marin schrie erschrocken: „Was?" Dann sah er wütend und gleichzeitig ängstlich seinen Fahrgast an und sagte: „Wenn das so ist, werde ich hier nicht bleiben und Sie werden mitkommen, mein Herr."

Mit zitternden Händen suchte er in seiner Hosentasche die Autoschlüssel.

„Kommen Sie", sagte Stefan beruhigend. „Es gibt hier keine echten Drachen. Es geht nur um eine Drachenstatue. Haben Sie jemals von einem echten Drachen gehört?"

Der Fahrer blickte zu Stefan. Sein Gesicht hellte sich auf und seine Stimme wurde leiser.

„Es tut mir leid, aber dieser Ort macht mich irgendwie nervös. Ich kann nicht verstehen, warum Sie hierbleiben wollen. Sie benehmen sich anders als heute Vormittag."

„Sie brauchen nicht nervös zu sein, es wird nichts passieren", beruhigte Stefan ihn.

„Es tut mir leid, aber ich finde diesen Ort unheimlich."

In diesem Moment tauchten vor ihnen drei Männer auf, die ihrer Bekleidung und den Werkzeugkisten nach zu urteilen Arbeiter sein mussten. Ihre Gesichter wirkten müde. Im Licht des Mondes erkannten sie Bartolomeo sofort.

„Guten Abend, eure Heiligkeit", grüßten sie ihn respektvoll und blieben vor ihm stehen.

„Guten Abend! Warum seid ihr heute so lange draußen gewesen?"

„Wir hatten einen kleinen Zwischenfall und müssen deshalb morgen weitermachen."

„Gut, dann erwarte ich euch morgen um dieselbe Zeit wie immer."

„Wir werden pünktlich sein. Wir wünschen Ihnen einen schönen Abend", sagte derselbe Mann, der offensichtlich die anderen Männer anführte, und winkte seinen Kameraden mit dem Kopf als Zeichen zu gehen. Sie verbeugten sich vor Bartolomeo und verschwanden genauso unauffällig, wie sie aufgetaucht waren. Marin blickte ihnen misstrauisch nach. Er hatte das Gefühl, dass hier irgendetwas faul war.

Stefan bemerkte seine Reaktion und fragte Pater Bartolomeo: „Wer sind diese Männer?"

„Sie wohnen unten im Dorf und arbeiten für uns, hauptsächlich in dieser Jahreszeit in den Weinbergen. Übrigens, wir haben einen sehr guten Wein. Davon werden Sie sich heute beim Abendessen überzeugen können."

Der Mond tauchte die ganze Umgebung in ein silberweißes Licht.

In der Ferne zeigte sich die Silhouette eines weißen Gebäudes, wie ein Spielzeug, das jemand dort vergessen hatte.

Stefan fragte: „Ist das da oben eine Kirche?"

„Ja. Sie gehört, wie alles, was sich in einem Umkreis von etwa zehn Kilometern befindet, zu unserer Gemeinde. Um die Kirche herum befinden sich die Gräber. Ihr Freund Vasile liegt auch dort begraben", sagte Bartolomeo.

Stefans Augen füllten sich plötzlich mit Tränen. Er blickte zum Himmel hinauf und sagte: „Du hast dir wirklich einen besonderen Platz für die ewige Ruhe ausgesucht, Vasile." Dann rezitierte er einen Vers aus Psalm 144: „Ist doch der Mensch gleich wie nichts; seine Zeit fährt dahin wie ein Schatten." Bartolomeo sah ihn überrascht an. Er hätte wohl nicht gedacht, dass Stefan die Bibel so gut kannte.

„Ich werde Sie morgen früh dorthin begleiten, und ein Gebet für Ihren Freund sprechen, wenn Sie nichts dagegen haben", bot Bartolomeo an.

„Sehr gern."

„Es ist jetzt Zeit, hineinzugehen. Langsam wird es kalt hier draußen. Bitte folgen Sie mir", sagte der Mönch. Stefan drehte sich um und wollte ihm folgen, als er am Fuße des Berges eine große, glänzende Wasserfläche sah. Der Mond und die blitzenden Sterne spiegelten sich darin. Stefan stieß einen begeisterten Seufzer aus und rief: „Wundervoll! Einfach wundervoll!"

Bartolomeo folgte seinem Blick und erklärte: „Das ist der Snagov-See. Er ist riesig, sehr langgestreckt und geht hinter dem Berg noch weiter. Was Sie hier sehen, ist der Teil, der zu unserer Gemeinde gehört. Es ist circa ein Viertel der gesamten Fläche. Unsere Gemeinde lebt auch von dem, was der See hergibt: Fische, Krebse und Muscheln. Mit dem Schiff sind wir in weniger als dreißig Minuten in Bukarest."

„Die Fähre kenne ich auch", warf Marin ein. „Ich bin vor einigen Jahren ein paar Mal damit gefahren, aber jenseits des Sees. Sie fährt zweimal am Tag und hält auch bei der Kirche, die auf der Insel Snagov steht, wo sich das Grab Draculas befindet."

Als Stefan das hörte, lief ihm ein kalter Schauer über den Rücken.

„Haben Sie Draculas Grab gesagt?", fragte er beunruhigt.

„Ja. Auf dem Grab steht sein Name: Vlad III. Tepes Dracula."

„Das ist richtig", sagte Bartolomeo. „Nach dem Tod seines Vaters, Vlad II. Dracul, der dieses Kloster errichtet hatte, übernahm sein Sohn Dracula die Führung der Walachei und widersetzte sich dem großen Sultan Mehmed. Dracula liegt tatsächlich in der Snagov-Kirche vor dem hohen Altar begraben."

Stefan fragte sich, ob er träumte. In ein paar Stunden hatte er so vieles über den König erfahren, der dieses außergewöhnliche Kloster errichtet hatte, und jetzt stand er nur wenige Kilometer von dem Grab seines Sohnes, Vlad III. entfernt, einem der mächtigsten Herrscher der Walachei, der überall in der Welt unter dem Namen Dracula bekannt geworden war und als Inspirationsquelle für viele Autoren diente. Stefan empfand plötzlich einen starken Drang, das Grab Draculas zu besuchen.

„Um wie viel Uhr kommt morgen die erste Fähre?", fragte er Bartolomeo.

„Um zehn Uhr."

„Ausgezeichnet. So bleibt mir genug Zeit für alles, was ich morgen vorhabe."

„Was meinen Sie damit?"

„Morgen möchte ich auf die Insel fahren. Ich will unbedingt die Kirche und das Grab Draculas sehen."

„Sind Sie nicht wegen etwas Anderem hierhergekommen?", warf Marin ein.

„Schon, aber ich kann beides erledigen. Morgen früh gehe ich zu Vasiles Grab und danach nehme ich die Fähre zur Insel."

„Ich werde mitkommen", sagte der Taxifahrer bestimmt, obwohl er nicht gerade begeistert von Stefans spontanen Entscheidungen war.

„Selbstverständlich, ich freue mich darüber. Ich hätte Sie sowieso gefragt, ob Sie mich begleiten möchten." Danach blickte Stefan kurz zu Bartolomeo.

„Was ist mit Ihnen, Pater? Kommen Sie auch mit?"

„Wenn Ihnen meine Anwesenheit Freude bereitet, dann komme ich gern mit. Jetzt müssen wir uns aber für das Abendessen vorbereiten. Meine verehrten Gäste, folgen Sie mir bitte. Ich werde Ihnen zuerst Ihre Zimmer zeigen, damit Sie sich ein wenig frisch machen können. In einer halben Stunde werden Sie von Pater Luca abgeholt und zum Speisesaal begleitet."

Stefan hatte die ganze Zeit das Gefühl gehabt, dass der Mönch der einzige Bewohner dieses Klosters sei. Jetzt konnte er es kaum erwarten, andere Menschen zu treffen. Die beiden Männer folgten dem alten Pater wortlos. Sie gingen durch einen langen Flur mit Marmorboden, dessen Wände mit Bildern von Vlad Dracul geschmückt waren. Der Mönch zeigte seinen Gästen ihre Zimmer und erinnerte sie noch einmal, pünktlich zum Abendessen zu erscheinen.

„Bis später", sagte er dann und zog sich zurück.

Marin war schon in seinem Zimmer verschwunden und auch Stefan ging nun in den Raum, der ihm zugewiesen worden war. Darin standen nur wenige Möbel, ein Doppelbett, bedeckt mit einer weißen Seidendecke, ein Schreibtisch und ein Sessel, alle aus Nussholz gefertigt. Ein kleiner Tisch mit einer weißen Kanne und einer Waschschüssel befand sich an der rechten Wand.

Am Fußende des Bettes stand eine Truhe mit Intarsien. Stefan näherte sich ihr, hob den Deckel und warf einen Blick hinein. Ein trübes, bläuliches Licht drang daraus hervor und erhellte den Raum zusätzlich. In der Truhe lag ein weiches Hemd im mittelalterlichen Stil. Der Kragen und die Manschetten waren mit einem dünnen Seidenfaden bestickt und in die goldenen Knöpfe waren die Buchstaben VMVR eingraviert. Stefan fühlte sich für einen Augenblick zurück in die Zeit der Ritter und Könige versetzt, bis ihn ein leichtes Klopfen an der Tür aus seinen Gedanken riss.

„Herein!", sagte er.

Die Tür öffnete sich und ein junger Mönch in einem langen weißen Mantel trat ein. Er hatte sein langes Haar hinten zusammengebunden und trug einen Bart, der halb so lang wie der von Bartolomeo war. In der Hand hielt er eine Öllampe mit silbernen Verzierungen.

„Guten Abend! Ich bin Pater Luca. Ich werde Sie zum Speisesaal begleiten", sagte er.

Stefan freute sich, dass er endlich einen weiteren Mönch kennenlernte.

„Warten Sie kurz!", bat er, griff schnell zu der weißen Kanne und goss ein bisschen Wasser in das kleine Becken, um sich frisch zu machen. Dann trocknete er seine Hände mit einem weichen Tuch ab, das neben der Kanne lag, und fuhr sich ein paar Mal mit den Händen durchs Haar. Als er fertig war, wandte er sich an den jungen Mönch, der geduldig auf ihn wartete: „Jetzt können wir gehen."

Pater Luca verbeugte sich vor Stefan und sagte: „Wenn Sie mir folgen wollen."

Auf dem Flur wartete der Fahrer, ohne Mütze und mit glatt gestrichener Kleidung, schon auf sie.

„Ich sterbe vor Hunger", sagte er.

Stefan war das Essen an sich nicht so wichtig. Ihm gingen die Ereignisse dieses Tages durch den Kopf und er war sehr gespannt auf das, was noch kommen würde. Immer wieder fragte er sich, warum ihm Bartolomeo so viel Aufmerksamkeit schenkte und von wem er so viele Informationen über seine Person hatte.

Ihr Weg zum Speisesaal führte durch den Hof. Der junge Mönch entzündete die Lampe, denn der Hof war überhaupt nicht beleuchtet und Stefan konnte kaum etwas erkennen. Er wusste nicht einmal, auf welcher Seite des Klosters sie gingen. Aber er sagte nichts und folgte geduldig dem Mönch.

Nach ein paar Minuten traten die drei in einen großen Saal, in dessen Mitte ein langer Tisch stand. Stefan hatte eher an ein normales Abendessen mit Bartolomeo gedacht, doch was er nun sah, übertraf all seine Erwartungen. Alle Plätze an dem langen Tisch, außer dem Tischende und drei Plätzen auf der rechten Seite, waren mit Mönchen, die Bartolomeo ähnlich sahen, besetzt. Sie trugen ihr langes Haar hochgesteckt und hatten lange Bärte. Als Stefan und der Fahrer den Raum betraten, richteten sich alle Blicke auf sie. Keiner sagte etwas, aber ihre Blicke vermittelten viel Wärme.

Als wären sie bei einer großen Feier, war der Tisch mit einer großen Menge Speisen bedeckt: verschiedene Fischarten, gebackenes Brot, gegrilltes Schweinefleisch und viele Obstsorten. Was für ein Anblick!

Stefan suchte unter den Anwesenden nach Bartolomeo, doch er war nicht da. Der junge Mönch führte sie zu den freien Plätzen und bat sie, sich zu setzen. Kaum hatten sie es sich bequem gemacht, hörten sie ein ungewohntes Rascheln. Es waren die langen Mäntel der Mönche, die von ihren Stühlen aufstanden. Ihr Oberhaupt trat in Begleitung zweier Diener, die ebenfalls junge Mönche waren, in den Saal. Stefan erkannte überrascht den Pater Bartolomeo. Er trug auf dem Kopf eine schwarze, glänzende Mütze mit Schleifen, die bis zum Boden reichten. Der lange schwarze Mantel, den er nun trug, war aus reiner Seide, die ebenfalls matt glänzte. Die Diener halfen dem Pater, sich auf seinen Platz am Tischende zu setzen, und blieben dann hinter ihm stehen.

Stefan hatte Bartolomeo die ganze Zeit für einen einfachen Mönch gehalten. Ihn jetzt so zu sehen, löste in ihm eine Reihe Fragen aus. Doch vorerst mussten diese warten.

Bartolomeo begrüßte mit einer leichten Kopfbewegung seine Gäste. Dann erhob er sich, nahm sein Weinglas in die Hand und sprach: „Ich möchte euch unsere Gäste vorstellen: Professor Doktor Stefan Niculescu aus Wien und sein Fahrer Marin Ionescu aus Bukarest. Sie werden heute Abend mit uns speisen und in unserem Kloster übernachten. Trinken wir auf Sie!"

Als der Fahrer seinen Namen hörte, riss er erstaunt die Augen auf. Ein Schauder lief ihm über den Rücken und er zitterte. Woher kannte der Pater seinen Namen? Seine Gedanken überschlugen sich und eine leichte Panik stieg in ihm auf. Waren Vampire nicht allwissend? War der Pater etwa einer? Welches Geheimnis verbargen diese Mönche?

Marin kämpfte innerlich mit sich. Er wollte Stefan gern an seinen Gedanken teilhaben lassen, hatte aber zu große Angst davor, ausgelacht zu werden, für überängstlich oder gar für verrückt gehalten zu werden, da Stefan bereits so merkwürdig reagiert hatte, als das Wesen mit den Fledermausflügeln davongeflogen war.

Der Fahrer griff hastig nach seinem Weinglas und nahm zwei große Züge, um sich Mut für den anstehenden Abend zu machen und die Gedanken und seinen Körper zu beruhigen.

Alle Mönche am Tisch hoben ihre Gläser und neigten ihren Kopf zur Begrüßung der Gäste. Bartolomeo sprach ein kurzes Gebet und wünschte allen einen Guten Appetit, dann blickte er freundlich zu Stefan und Marin.

„Bitte, genießen Sie unsere Speisen!", sagte er.

„Vielen Dank, Pater. Entschuldigen Sie, ich muss mich korrigieren, Eure Heiligkeit", sagte Stefan.

„Nein, es ist in Ordnung. Für Sie bin ich nur Pater Bartolomeo. Bitte, bedienen Sie sich!"

Die beiden Männer ließen sich nicht lange bitten. Das Essen war ausgesprochen köstlich und der Wein übertraf sogar Stefans Erwartungen. So guten Wein hatte er schon lange nicht mehr getrunken. Die Kristallgläser und das Silbergeschirr gaben ihm das Gefühl, sich in einem Palast zu befinden. Nach einer Weile hob Bartolomeo wieder sein Glas.

„Auf unsere Gäste!"

„Auf unsere Gäste!", riefen alle.

Stefan unterhielt sich mit ihrem Gastgeber und war sehr überrascht, als er erfuhr, dass die Speisen von Frauen aus dem Dorf zubereitet wurden.

„In jedem Kloster ist es üblich, dass sich die Mönche um alle Aufgaben, wie Gartenarbeiten, Instandhaltung der Gebäude, Essensvorbereitung und andere Tätigkeiten, kümmern. Wie kommt es, dass es hier anders ist?", fragte er.

Bartolomeo lächelte und erwiderte: „Wir können es uns leisten, andere Leute für diese Tätigkeiten zu bezahlen."

„Mit was beschäftigen sich die Mönche dann den ganzen Tag?", erkundigte sich Stefan.

„Sie meditieren, schreiben Bücher und stellen religiöse Objekte für den Verkauf in unserer Buchhandlung her. Manche kümmern sich um die Verträge mit unseren Großkunden für den Verkauf von Wein und Fisch. Wir bezahlen unsere Arbeiter aus dem Dorf sehr gut. Mit unseren Weingärten und den Fischereirechten machen wir sehr viel Gewinn. Das hilft uns, das Kloster in einem perfekten Zustand zu halten, und das ist für uns und für Gäste, die das Kloster besichtigen möchten, sehr gut. Ich konnte Ihnen heute nicht viel zeigen, aber wenn Sie hier ein paar Tagen bleiben, werden Sie sehen, was für ein ruhiges Leben wir hier führen, und Sie werden uns beneiden. Wenn Sie möchten, dürften Sie gleich nach dem Essen unsere Bibliothek besichtigen. Dort können Sie auch viel über unsere Aktivitäten erfahren."

Stefan war müde, aber auch sehr neugierig, was ihm dieser Ort noch zu bieten hatte. Daher zögerte er nicht lange und nahm die Einladung an. Er wollte mehr über das Kloster wissen, auch wenn seine Gedanken ständig zum nächsten Tag und zur Reise nach Snagov wanderten.

„Sie dürfen in der Bibliothek bleiben, solange Sie möchten. Pater Luca bringt Sie dort hin und kümmert sich um alles, was Sie brauchen."

Stefan trank seinen Rotwein aus, bedankte sich für die Gastfreundlichkeit und stand auf. Marin tat es ihm gleich. Pater Luca nahm die Anweisungen seines Oberhauptes entgegen und bat seine Gäste dann, ihm zu folgen.

„Wir sehen uns morgen zum Frühstück. Bis dahin wünsche ich Ihnen noch einen schönen Abend und einen guten Aufenthalt in unserem Kloster", sagte Bartolomeo zum Abschied.

Stefan und Marin bedankten sich und verließen den Raum zusammen mit dem jungen Mönch, der geduldig am Ausgang auf sie wartete. Sie folgten ihm und standen schließlich am Ende eines Korridors. Außer der Wand direkt vor ihnen war hier nichts zu sehen. Pater Luca richtete seinen Blick nach oben und bewegte seine Lippen. Er schien etwas zu murmeln. Kurz darauf bewegte sich die Wand vor ihnen nach links.

„Schnell, wir haben nur wenige Augenblicke Zeit, um hineinzukommen", sagte der Mönch.

Ohne zu zögern, trat Stefan ein. Der Fahrer und Pater Luca folgten ihm. Sie standen in einem großen Raum mit vielen Bücherregalen, die bis zur Decke reichten. In der Mitte des Raumes standen ein langer Tisch und viele Sessel aus Nussholz. Auf der rechten Seite befanden sich ein Couchtisch mit einer blauen Marmorplatte und vier Fauteuils, die mit grünem Leder bezogen waren. Die ganze Einrichtung war eine Mischung aus Klassik und Moderne, die sehr gut harmonierte.

Der Fahrer machte es sich sofort in einem Fauteuil gemütlich und Stefan schritt von einem Regal zum anderen. Obwohl es schon spät war, spürte er in diesem Moment keine Müdigkeit mehr.

Die Bücher waren nach Fachgebieten geordnet. Er suchte die Kategorie, die ihn in diesem Moment am meisten interessierte, nämlich Geschichte. Er wollte unbedingt mehr über Vlad Tepes III. Dracula erfahren. Doch obwohl die Bibliothek so viele Bücher hatte, fand er nur ein einziges Buch zum Thema.

Stefan zog das Buch aus dem Regal und blätterte es kurz durch. Dann setzte er sich nun ebenfalls in einen Fauteuil. Marin hatte es sich inzwischen mit einer Zigarette und einem Glas Rotwein gemütlich gemacht.

„Machen Sie die Zigarette aus!", rügte ihn Stefan. „Das ist eine Bibliothek und kein Restaurant!"

„Pater Luca hat mir erlaubt, hier zu rauchen. Und er hat mir auch den Wein gebracht."

Der Mönch nickte bestätigend.

„Es ist spät. Um diese Zeit kommt kein Mensch in die Bibliothek", sagte er gelassen. „Ich habe nichts dagegen. Sie machen hier die Regeln. – Darf ich Ihnen auch ein Glas Wein anbieten?"

„Ich nehme eine Limonade, wenn es möglich ist."

„Sehr gern. Unsere Bar ist mit allen möglichen Getränken ausgestattet und wir haben auch Wasser und Zitronen."

„Ihre Bar? Hier gibt es eine Bar?", wunderte sich Stefan.

„Und was für eine", warf der Fahrer freudestrahlend ein. Er drehte sich im Sessel um und warf dem Mönch ein breites Grinsen zu.

Stefan war hungrig nach Herausforderungen und Abenteuern und dieser Ort mit seinen ständigen Überraschungen gefiel ihm. Jetzt ahnte er auch, warum Bartolomeo ihn eingeladen hatte, im Kloster zu übernachten: damit er mehr über die Vergangenheit dieses Landes erfahren konnte.

Der Mönch kehrte nach ein paar Minuten mit einer Limonade aus frisch gepressten Zitronen zurück und reichte seinem Gast das Glas. Stefan nahm einen tiefen Schluck und fühlte sich sofort erfrischt. An der Wand direkt vor ihm hing das Bild einer außergewöhnlich schönen Frau. Stefan stand mit der Limonade in der Hand auf und näherte sich ihm.

Pater Luca bemerkte seine Neugierde und erklärte: „Das ist die Prinzessin von Transsylvanien, die Gattin von Vlad Dracul und Mutter von Vlad Tepes Dracula. Wenn Sie möchten, kann ich Ihnen mehr über sie erzählen."

„Sehr gern."

Stefan setzte sich wieder auf einen Fauteuil. Der Mönch nahm ebenfalls Platz und begann: „Vlad Dracul war ein guter König. Er liebte seine Frau und seine drei Söhne, Mircea, Vlad, Radu, und sein Land, die schöne Walachei. Ihm war aber bewusst, dass schwere Zeiten über sein Volk kommen würden, da die Macht des Osmanischen Reiches immer weiter wuchs. Die Osmanen hatten alle Provinzen und Länder bis zur südlichen Grenze der Walachei eingenommen und waren bis zur Donau vorgedrungen mit dem Ziel, die Walachei zu erobern und sie in eine osmanische Provinz zu verwandeln. Vlad Dracul wurde dadurch mit einer schwierigen Situation konfrontiert. Wie konnte er gegen eine Armee kämpfen, die zehnmal so groß wie seine war? Er hatte kaum keine Chance. Nach langen Überlegungen entschloss er sich, Abgaben in Form von Gold, Geld, Pferden und Getreide an das Osmanische Reich zu leisten, um die Unterdrückung seines Volkes und ein Vorankommen der osmanischen Krieger in die Walachei und weiter nach Europa vorerst zu verhindern. Das funktionierte ein paar Jahre gut. Aber der Sultan forderte mehr Tribut, und Vlad Dracul wollte seine neuen Forderungen nicht akzeptieren. Der Sultan lud ihn daraufhin in sein Lager nach Sofia ein, um Verhandlungsgespräche zu führen. Vlad Dracul ahnte nicht, dass ihm der Sultan Murad eine Falle stellen wollte. Als er dort ankam, wurde er gefangen genommen und ins Gefängnis nach Gallipoli gebracht. Seine beiden jüngeren Söhne Vlad und Radu, die ihn begleitet hatten, wurden ebenfalls gefangen genommen und in den Egrigöz-Kerker geworfen.

„Wer hat die Walachei danach regiert?"

„Mircea, der ältere Sohn Vlads, regierte ein Jahr lang, bis sein Vater und seine Brüder Vlad und Radu freigelassen wurden und in die Walachei zurückkehrten mit der Bedingung, die Forderungen des Sultans zu akzeptieren.

Als er wieder in der Heimat war, wurde Vlad Draculs Hass gegenüber den Osmanen immer größer. Er schloss ein Bündnis mit dem ungarischen Fürsten Joan Corvinul und kämpfte mit seiner Armee gegen die Osmanen. Leider gelang es ihm nicht, sie zu schlagen. Der Sultan verlangte daraufhin, dass er ihm seine zwei Söhne Vlad und Radu als Geisel übergeben sollte, bis er auf seine Forderungen einging. Sonst würde er die Walachei angreifen und sie in eine osmanische Provinz verwandeln. In dieser Situation hatte Vlad Dracul keine andere Wahl, denn die Osmanen waren zu viele und zu stark. Er schloss mit dem Sultan einen Vertrag. Nur auf diese Weise konnte er sein Volk vor dem damals mächtigsten Imperium schützen. Aus diesem Grund zog er sich den Hass all jener zu, die weiter gegen die Osmanen kämpften und ein paar Monate später wurden er und sein Sohn Mircea auf Befehl des obersten Bojaren Panait hingerichtet. Sie wissen ja sicher, dass Bojar ein Titel für die Großgrundbesitzer in Rumänien war."

Stefan nickte und der Mönch fuhr fort: „Die Führung der Walachei geriet in die Hände eines gewissen Vladislav, der sehr gut mit Panait befreundet war."

„Über einen Teil dieser historischen Ereignisse habe ich in meiner Schulzeit einiges gelesen. Neu ist mir jedoch, dass Vlad und Radu zum zweiten Mal als Geiseln an die Osmanen übergeben wurden. Es muss für ihren Vater sehr schmerzvoll gewesen sein, seine Söhne in die Hände seines Feindes zu übergeben. Eine sehr traurige Geschichte. Ich möchte Ihnen dafür danken. Es war ein sehr interessanter Abend."

„Sehr gern."

„Es ist spät. Wir werden uns jetzt in unsere Zimmer zurückziehen und ein paar Stunden schlafen. Ein anstrengender Tag wartet morgen auf uns."

Die drei verließen die Bibliothek und kamen bald darauf in den Hof.

„Von hier kennen Sie den Weg", sagte der Mönch.

„Ja, und vielen Dank für alles."

„Es ist meine Aufgabe, Ihnen zu dienen. Außerdem macht es mir große Freude, mich mit Ihnen zu unterhalten. Ich wünsche Ihnen eine gute Nacht.

Vergessen Sie nicht, das bereitgelegte Nachthemd anzuziehen. Manchmal ist es sehr kühl hier in der Nacht, auch jetzt im Sommer", empfahl der junge Mönch.

„Es ist mir eine Ehre, in so einem edlen Nachthemd zu schlafen", erwiderte Stefan.

Pater Luca nickte Stefan lächelnd zu.

„Schlafen Sie gut! Ich werde Sie morgen rechtzeitig wecken. Nachdem Sie mit Seiner Heiligkeit gefrühstückt haben, bleibt Ihnen genug Zeit, das Grab Ihres Freundes zu besichtigen, bis Sie die Fähre nach Snagov nehmen müssen", sagte er.

„Kommen Sie auch mit?"

„Das ist der Wunsch Seiner Heiligkeit. Ich soll Sie überallhin begleiten."

„Es freut mich sehr, dass Sie auch dabei sind. Viel Dank und bis morgen!"

„Bis morgen!", sagte der Mönch und verschwand in der Dunkelheit.

„Ich kann immer noch nicht glauben, dass ich hier bin", sagte der Marin. „Es kommt mir vor, als wäre ich in einem Film oder in einem Märchen."

„Das geht mir genauso", antwortete Stefan.

Sie gingen die Treppe hinauf und dann den Korridor entlang zu ihren Zimmern.

„Ich bin so müde", sagte der Fahrer. „Ich werde jetzt wie ein Neugeborenes schlafen."

„Ich auch, aber nicht bevor ich das Buch, das ich an der Rezeption des Hotels bekommen habe, durchgeblättert habe. Gute Nacht!"

Beide gingen in ihre Zimmer. Stefan legte das Buch auf sein Bett und zog das Nachthemd an. Es war weich und sehr gemütlich und fühlte sich unglaublich gut an. Er legte sich ins Bett und atmete tief durch. Dann öffnete er das Buch und begann zu lesen: „Im Jahr 1450 ..."

Seine Augenlider wurden schwerer und schwerer. Er versuchte, sie offen zu halten, um weiterzulesen, konnte es aber nicht. Gegen seinen Willen fielen ihm die Augen zu. Plötzlich hörte er eine kräftige Männerstimme, die Türkisch sprach.

Kapitel 2

V lad! Radu! Die Söhne Draculs! Tretet näher!"

Zwei Jungen im Alter von zehn und fünfzehn Jahren in türkischen Kleidern traten in den großen Thronsaal des osmanischen Palasts in Konstantinopel. Zwölf Säulen aus Marmor stützten die breite Decke des Saals, in deren Mitte ein kostbarer rot-weißer Kristallluster hing. Ein langer roter Teppich aus feinster Wolle bedeckte den Marmorboden. Viele Wesire und Diener waren anwesend.

Die Jungen wurden von einer Garde aus vier Soldaten, die von Kopf bis Fuß bewaffnet waren, dorthin begleitet, wo der mächtigste Mann der Welt, der Sultan Murad, auf sie wartete. Er saß auf einem goldenen Thron, der mit unzähligen Edelsteinen verziert war, und trug einen Mantel aus Goldbrokat, der mit schwarzem Fuchspelz ausgeschlagen war. Seinen Kopf bedeckte ein riesiger roter Turban. Daran war eine Agraffe mit einem großen Rubin in der Mitte befestigt.

Auf der linken Seite saß auf einem goldenen Sessel Mehmed, der älteste Sohn des Sultans, der ähnlich wie sein Vater gekleidet war. Er sah mit einem arroganten Blick auf die Jungen herab, die vor dem Thron stehen blieben und auf ihr Urteil warteten. Nur zwei Stufen trennten sie von dem osmanischen Sultan, der sie freundlich ansah, bis er die ärmliche Bekleidung und die schweren Ketten an ihren Händen entdeckte. Seine Miene änderte sich schlagartig.

Er sprang auf und schrie voller Wut: „Warum sind ihre Hände gebunden? Und warum tragen sie diese Lumpen?"

Die Soldaten, die die Jungen hergebracht hatten, waren für einen Moment wie versteinert. Endlich brach einer von ihnen das Schweigen und sagte mit ängstlicher Stimme: „Wir wissen nicht, warum sie sich in diesem Zustand befinden, verherrlichter Sultan. Wir haben sie so vom Gefängnis übernommen."

Der Sultan betrachtete sie mit einem wütenden Blick und fragte: „Wisst ihr, wer diese Jungen sind?" Er ließ seine Augen über alle im Saal Versammelten schweifen. „Ich will keine Ketten an ihren Händen sehen. Befreit sie sofort!"

Die Soldaten folgten augenblicklich dem Befehl und befreiten die Hände der beiden Jungen von den schweren Ketten.

„Kommt näher!", sagte der Sultan nun.

Seine Stimme war hart und entschlossen, aber sein Blick war warm und freundlich. Die beiden Jungen stiegen die erste Stufe hinauf. Der Sultan setzte sich wieder auf seinen Thron, dann richtete er seinen Blick in den Saal und sprach zu allen Anwesenden: „Diese beiden Jungen sind die Prinzen der Walachei, Vlad und Radu. Ich habe sie vor drei Jahren als Geiseln genommen und nicht als Feinde oder Verräter eingesperrt. Das war meine Abmachung mit ihrem Vater, Vlad Dracul, König der Walachei, als Absicherung, dass er mir weiter den geforderten Tribut zahlt. Bis vor Kurzem wusste ich nicht einmal, dass sie sich die ganze Zeit im Gefängnis aufgehalten haben. Laut meinen Befehlen sollten sie in einem Haus auf dem Land ein normales, schönes Leben führen. Ich wollte sie in meinem Königreich behalten, aber nicht auf die Art und Weise, wie es offensichtlich geschehen ist. Jemand hat meine Befehle missachtet und eigene Entscheidungen getroffen. Unter uns befinden sich Verräter, die nicht nur gegen meine Befehle handeln, sondern auch die Sicherheit unseres Königreichs gefährden! Das werde ich nicht dulden!"

Vlad, der ältere der beiden Jungen, war groß und kräftig. Er hatte langes schwarzes Haar, das über seine breiten Schultern fiel. Zunächst beobachtete er die Reaktion des Sultans mit stechendem, misstrauischem Blick. Er glaubte, dass dies alles nur Schauspiel sei. Doch langsam erschien es ihm, als steckte vielleicht auch etwas Wahrheit in seinen Worten.

Radu dagegen konnte aufgrund seiner jungen Jahre die Situation nicht richtig einschätzen. In seinen blauen Augen spiegelten sich eine große Ungewissheit und Angst.

Der Sultan spürte dies und befahl: „Kommt hierher!"

Die beiden näherten sich dem Sultan noch mehr, bis sie seine Stiefelspitzen erreichten. Radus Herz schlug hastig und das Atmen fiel ihm schwer. Vlad hingegen blieb sehr ruhig.

Der Sultan streckte seine Hand aus und streifte mit den Fingerspitzen über Radus Wangen, um ihn zu beruhigen. Dann sagte er: „Euer Verlust tut mir leid. Ihr habt schon im Gefängnis erfahren, dass euer Vater und euer älterer Bruder Mircea gestorben sind, ermordet von Panait, dem obersten Bojaren. Auf den Thron der Walachei hat er einen gewissen Vladislav gesetzt, der alle seine Befehle befolgt. Er unterdrückt euer Volk mit höheren Steuern und treibt es in die Armut. Geld, Getreide, Gold und Pferde, alles schickt er nach Transsylvanien zu Panait. Meine Boten hat er ignoriert. Von einer Abmachung zwischen mir und der Walachei will er nichts wissen. Als euer Vater noch lebte, habe ich mit ihm die Abmachung getroffen, dass er mir einen jährlichen Tribut zahlt, damit die Walachei ein freies Land bleibt und euer Volk weiter in Frieden leben kann. Hätte er die Abmachung gebrochen, hätte ich die Walachei angegriffen, erobert und sie in eine osmanische Provinz verwandelt. Euer Vater war ein weiser und guter König. Ihm war bewusst, dass er keine Chance gegen meine Armee hatte. Seine Entscheidung war richtig und unsere Abmachung hat gut funktioniert. Nun ist er tot und ihr seid freie Menschen. Im Moment könnt ihr nicht in die Walachei zurückkehren. Wenn Vladislav erführe, dass ihr dort seid, würde er euch töten."

Radu konnte seine Emotionen nicht mehr zurückhalten und begann zu weinen. Er schluchzte: „Wir haben niemanden mehr. Wir sind ganz alleine. Wir wissen nicht, wo unsere Mutter ist und ob sie überhaupt noch am Leben ist oder auch umgebracht wurde."

Der Sultan sprach beruhigend auf ihn ein: „Wir haben keine Nachrichten über eure Mutter erhalten, aber ihr könnt hier in meinem Palast bleiben, solange ihr wollt. Ihr werdet ehrenvoll, als Prinzen der Walachei, behandelt werden. Hier seid ihr in Sicherheit. Wenn sich die Lage in der Walachei geändert hat, werdet ihr zurückkehren und das Land regieren."

Mehmed, der osmanische Prinz, traute seinen Ohren kaum, als er hörte, dass Vlad und Radu im Palast bleiben sollten. Er machte große Augen und kaute auf seinen Lippen. Vlad bemerkte die Verachtung in seinen Augen.

Furchtlos blickte er den Sultan an und sagte: „Ich will meinen Vater und meinen Bruder Mircea rächen und den Thron der Walachei so schnell wie möglich zurückgewinnen."

Seine Worte machten einen tiefen Eindruck auf den Sultan. Nicht nur die klaren Gedanken, die Vlad aussprach, sondern auch seine Haltung und seine Entschlossenheit, die eines zukünftigen Königs würdig waren, beeindruckten ihn.

„Dieser Tag wird kommen. Du musst nur etwas Geduld haben", erwiderte der Sultan und aus seiner Stimme sprach Bewunderung.

„Lange kann ich nicht warten, wenn ich weiß, dass Betrüger und die Mörder meines Vaters die Macht in ihren Händen halten und mein Volk in die Armut treiben."

„Du bist jetzt jung und unvorbereitet. Wir werden an einem späteren Zeitpunkt darüber reden. Bis dahin möchte ich, dass ihr hier in meinem Palast bleibt."

Der Sultan warf einen kurzen Blick in den Saal. Dann rief er: „Sami! Kenan!"

Zwei junge Burschen in langen Pumphosen und einem Leibrock mit engen Ärmeln, der in der Taille von einem Gürtel gehalten wurde, lösten sich aus der Menge der Untertanen und traten vor den Sultan.

Dieser stellte sie Vlad und Radu vor: „Sami und Kenan sind ab jetzt für euren Aufenthalt im Palast zuständig. Sie werden euch überallhin begleiten und alles für euch erledigen. Betrachtet sie als eure Beschützer und nicht als Bewacher. Ich weiß, dass ihr in eurem Land eine gute Ausbildung, besonders in Sprachen und Geschichte erhalten habt. Das habt ihr auch heute mit eurem ausgezeichneten Türkisch bewiesen. Ihr werdet eure Ausbildung fortsetzen und von den besten Lehrern meines Reiches unterrichtet werden. Ihr werdet alle Privilegien, die eurem hohen Rang entsprechen, bekommen, Prinzen der Walachei!"

Vlad konnte sich über diese Worte des Sultans nicht wirklich freuen, denn er fragte sich, was dieser beabsichtigte. Er dachte: Nur aus Mitleid oder Respekt für meinen verstorbenen Vater hätte er so eine Entscheidung nicht getroffen. Er will uns in der Nähe haben, vielleicht unsere Freundschaft gewinnen. Es steckt viel mehr dahinter. Er braucht uns. Seine Entscheidung, uns hier im Palast zu behalten, hat sicher politische Gründe.

Vlad wurde innerlich ruhiger, die Ungewissheit schwand. Er wusste jetzt, wo er stand. Sein Gesicht bekam einen sicheren Ausdruck. Die Klarheit über seine Lage spiegelte sich in seinen großen grünen Augen, was für den Sultan nicht zu übersehen war. Einen Moment sahen die beiden sich nur an und ihre Augen führten einen stummen Dialog. Der Sultan war zufrieden. Er spürte, dass Vlad anders als viele Jungen in seinem Alter war, und das freute ihn. Gleichzeitig fragte er sich, wie viel anders er war.

Das Angebot, für eine Weile im Palast zu bleiben, war eindeutig mehr ein Befehl als eine Einladung. Doch das störte Vlad im Moment nicht. Er bedankte sich für die Großzügigkeit des Sultans. Die Zeit würde ihm helfen, sich ein klares Bild von der Lage zu machen und die richtigen Entscheidungen zu treffen, wenn es so weit war.

Der Sultan nickte ihnen zu und dann näherten sich die beiden Diener Sami und Kenan den beiden Prinzen. Sie verneigten sich vor ihnen und baten sie, ihnen zu folgen. Die vier wollten gerade den Thronsaal verlassen, als etwas ihre Aufmerksamkeit erregte. Ein großer, dicker Mann, eskortiert von vier Soldaten, die ihn mit Peitschenschlägen vorwärtstrieben, taumelte in den Thronsaal. Er schnaufte wie ein Schwein und war schweißüberströmt.

Vor dem Thron warf er sich auf den Boden und schluchzte: „Vergib mir, mein Herr, vergib mir!"

Vlad zog Radu schnell hinter eine Marmorsäule, um von dort das Geschehen zu beobachten. Sami und Kenan folgten ihnen nach einem kurzen Zögern.

„Wir können hier nicht bleiben", flüsterte Sami. „Das wird den Sultan verärgern. Wir müssen jetzt den Saal verlassen."

„Nein! Wir bleiben hier. Ich muss wissen, was dieser Mann hier macht", antwortete Vlad bestimmt. „Diese Bestie kenne ich. Das ist Gugusyoglu, der Gefängniswächter aus Egrigöz, der uns so viel Leid angetan hat. Ich muss unbedingt sehen, was hier geschieht."

„Wir müssen uns aber vor den Blicken des Sultans verstecken", wisperte Sami besorgt.

„Mach dir keine Sorgen, Sami. Wir bleiben alle hier hinter den Säulen. Niemand wird uns bemerken."

Vlad hielt seinen Blick die ganze Zeit auf Gugusyoglu gerichtet. Der dicke Mann kniete immer noch mit gesenktem Kopf vor dem Sultan. Er wagte es nicht, ein weiteres Wort zu sagen.

„Wo habt ihr ihn gefunden?", fragte der Sultan die Soldaten.

„Nicht weit vom Gefängnis, verherrlichter Sultan. Er war in ein Bauernhaus eingedrungen und hatte sich im Keller versteckt. Wir haben den Mann, der ihm das Pferd besorgt hatte, auch gefunden, aber er ist uns leider entwischt. Weit kann er nicht kommen, unsere Soldaten sind schon auf seinen Spuren.

„Gut gemacht!"

Der Sultan blickte den dicken Mann wütend an und sagte: „Ich habe Draculs Söhne als Geiseln gehalten, aber ich habe niemals befohlen, sie ins Gefängnis zu sperren. Von wem hast du die Befehle bekommen? Und warum hast du sie so misshandelt? Warum hast du ihnen Menschenfleisch, Tierhoden oder sogar Kot zu essen gegeben? Warum hast du sie manchmal hungern lassen? Warum hast du sie so schlecht behandelt? Warum hast du meine Befehle missachtet? Wem hast du dich verkauft, um deinen Sultan zu verraten? Rede!"

„Niemandem, verherrlichter Sultan. Ich habe doch nur Befehle ausgeführt."

„Befehle von wem?"

Gugusyoglu gab keine Antwort. Mit einem Wink wies der Sultan die Soldaten an, ihre Peitsche zu gebrauchen. Nach ein paar Hieben jammerte Gugusyoglu: „Ich weiß es nicht."

„Wer hat dich bezahlt? Sag es!"

Gugusyoglu antwortete erst, als die Soldaten erneut mit der Peitsche drohten.

„Ich weiß es nicht. Das Geld habe ich an einem Ort im Wald abgeholt."

„Lügner!", donnerte der Sultan. „Ich frage dich noch ein letztes Mal. Wer hat dich bezahlt?"

Der osmanische Herrscher wusste, dass nur eine hochrangige Person dahinterstecken konnte, wenn nicht sogar mehrere.

Aber wer? Hatte jemand Vlad und Radu schaden wollen oder war ihre Misshandlung nur ein Mittel, um sein Königreich zu schwächen? Immerhin war der Frieden mit ihrem Vater daran geknüpft, dass es den beiden gut ging.

„Steh auf, du Verräter!", brüllte der Sultan nun.

„Ich habe einen Fehler gemacht, mein Herr, einen großen Fehler. Bitte vergebt mir!", schluchzte der Mann.

Der Sultan konnte sein Gejammer nicht mehr hören. Die Sicherheit seines Imperiums war gefährdet. Er musste herausfinden, ob das Motiv nur Hass gegenüber Vlad und Radu oder der Walachei gewesen war oder ob es ein Komplott gegen das Osmanische Reich gab.

Wütend erhob er sich und befahl: „Er soll bis auf die Knochen ausgepeitscht werden. Seine Wunden sollen mit Salz bestreut werden, bis er die Wahrheit sagt. Und jetzt raus mit ihm!"

Diese Anordnung freute Vlad sehr. Er konnte seine Reaktion vor seinen Begleitern nicht verbergen und flüsterte mit mühsam beherrschter Stimme: „Ich würde ihn am liebsten lebendig auf einen Pfahl stecken."

Dabei knirschte er mit den Zähnen und blickte dann Sami und Kenan an. Die beiden sahen ihn halb verwundert halb bewundernd an. Dass Vlad so blutrünstig war, hatten sie nicht erwartet, aber es gefiel ihnen.

„Ich habe genug gesehen", sagte Vlad dann nach einem letzten Blick auf Gugusyoglu. „Wir können gehen."

Sami und Kenan nickten ihm zu. Dann schlichen sich die vier aus dem Thronsaal. Sie kamen auf einen Flur mit einem Fußboden aus blauen Mosaiken. Der Palast war äußerst luxuriös. Alles war mit Gold verziert: die Treppen, die Türen, die Fenster und sogar die Wände. Die Fenster waren aus hellem Kristall, die Treppen und die Wände aus weißem Marmor gefertigt. Das Mobiliar war aus Ebenholz, dem edelsten Holz, das es gab, und überall hingen und lagen kostbare Teppiche. Doch all das beeindruckte Vlad nicht. Er wusste, dass dies alles aus den Ländern, die das große Imperium erobert hatte, stammte. Auch aus der Walachei, die niemals unter osmanischer Besatzung gestanden hatte, war bis zum Tod seines Vaters ein jährlicher Tribut in Form von Gold, Getreide und Pferden hierher geflossen, um ihre Unabhängigkeit zu bewahren.

Während Vlad gelassen blieb, war Radu mit seinen Kräften am Ende. Er ließ sich auf eine hölzerne Ottomane fallen, die an der nächsten Wand stand. Der Weg von Egrigöz nach Konstantinopel und die ganze Aufregung waren zu viel für ihn gewesen.

„Wir werden uns bald richtig ausruhen", versprach ihm Vlad. „Komm, wir müssen weiter."

Radu erhob sich widerwillig. Dann schritten sie durch die prunkvoll ausgestatteten Räume und über einige Treppen, bis sie ins oberste Stockwerk kamen, wo Gemächer für sie vorbereitet worden waren. Ein Wächter öffnete ihnen die Tür. Sami und Kenan traten zuerst ein, Vlad und Radu folgten ihnen. Der große Raum hatte breite Fenster. Rosen und Duftwasser standen auf einem Tisch. Alles sah genauso prachtvoll aus wie der Rest des Palasts. Das Mobiliar, die Schränke, Tische und Betten waren aus Ebenholz gefertigt, die Bettdecken und Vorhänge aus reiner Seide.

Eine Tür führte in einen weiteren Raum. Dort gab es einen großen Balkon mit Blick auf den Palastgarten, wo ein wunderschöner Springbrunnen aus blauem Marmor zu sehen war.

Vlad blickte zu Kenan und sagte: „Ich bin froh, dass wir ein Zuhause haben, und ich weiß die Großzügigkeit des Sultans zu schätzen. Was mir aber große Sorgen bereitet, ist Mehmed, sein Sohn. Ich spüre, dass zwischen mir und ihm eine gewisse Spannung herrscht, die mit Sicherheit wachsen wird. Er ist nicht so wie sein Vater. Mag sein, dass er intelligent und gebildet ist, aber seine Mimik verrät seinen bösen Charakter."

„Ich weiß genau, wie Mehmed ist, und du hast recht", sagte Kenan. „Viele fürchten sich schon jetzt vor ihm, wenn sie nur an die Gesundheit des Sultans denken."

„Was fehlt denn dem Sultan?"

„Er ist alt und sein Herz ist schwach. Macht euch aber keine Sorgen, er wird sicher das Imperium noch eine Weile führen und für eure Sicherheit hier im Palast sorgen."

„Das hoffe ich sehr."

Kaum hatte Vlad den Satz beendet, als zwei junge, schöne Frauen den

Raum betraten. Sie brachten ein riesiges Tablett mit Lammbraten und verschiedenen Früchten und stellten es auf den Tisch.

Sami stellte die beiden vor: „Das sind Akgün und Akasya, eure Zimmermädchen, die sich um alle eure Wünsche kümmern werden."

Vlad begrüßte die jungen Frauen freundlich und wandte sich dann den appetitlichen Speisen zu. Es roch so gut! Er warf Radu einen Blick zu. Diese Düfte hatten sie schon lange nicht mehr gerochen. Außerdem waren beide sehr hungrig, deshalb setzten sich sofort auf Kissen vor dem niedrigen Tisch. Sie bedeuteten den beiden jungen Frauen, dass sie hinausgehen konnten.

Sami und Kenan blieben stehen.

„Setzt euch doch", sagte Vlad zu ihnen.

Die beiden schauten sich gegenseitig an und bewegten sich nicht.

„Was ist? Warum zögert ihr? Habt ihr keinen Hunger?"

„Wir sind eure Diener und wir dürfen nicht am gleichen Tisch mit euch essen."

„Wer sagt das?"

„Das sind die Regeln im Palast."

„Hört mir gut zu", sagte Vlad wütend. „Bis gestern war ich mit meinem Bruder in einer Zelle eingesperrt und wir aßen am Boden, wo wir auch geschlafen haben, während die Ratten über uns liefen. Manchmal haben sie uns gebissen. Der Sultan hat gesagt, dass ihr alle meine Befehle folgen sollt, oder?"

„Soweit es seinen Befehlen nicht widerspricht, ja."

„Dann esst mit uns! Ich befehle es euch!"

Sami und Kenan setzten sich, ohne ein Wort zu sagen, aber mit einer großen Bewunderung in ihren Augen. Die Art, wie Vlad sie angesprochen hatte, zeigte, dass er durch und durch ein Herrscher war. Er war direkt und streng, sein Blick und seine Stimme hart und befehlend.

Mit ruhiger Stimme fuhr er fort: „Obwohl ich euch noch nicht kenne, möchte ich, dass ihr auch meine Freunde seid, nicht nur meine Diener."

Die beiden Männer nickten zögernd. So viel Freundlichkeit waren sie nicht gewohnt.

Dann ließen sich die vier die Speisen schmecken und unterhielten sich währenddessen über das Verhalten von Gugusyoglu im Thronsaal und das, was er erzählt hatte. Nachdem sie ihr Mahl beendet hatten, kamen die Dienstmädchen und räumten alles ab. Sami und Kenan zogen sich in den Nebenraum zurück, nachdem Vlad ihnen gesagt hatte, dass sie nun nicht mehr gebraucht würden.

Es war schon spät und Radu konnte seine Augen kaum offen halten. Rasch wuschen sie den gröbsten Schmutz ab und zogen die sauberen Nachthemden an, die für sie bereitlagen.

„Endlich ein richtiges Bett", rief Radu und warf sich mit weit ausgestreckten Armen auf die weichen Kissen.

Vlad tat es ihm gleich. Die Betten waren sehr gemütlich und das Bettzeug roch gut und frisch!

„Glaubst du, dass wir hier in Sicherheit sind?", fragte sein kleiner Bruder.

„Es geht um politische Interessen und wir sind für den Sultan sehr wichtig. Das ist meine Erklärung für seine außergewöhnliche Großzügigkeit. Was er mit uns wirklich beabsichtigt, werde ich herausfinden. Schlaf jetzt! Ich gehe kurz auf die Terrasse, um ein wenig frische Luft zu schnappen."

Es war eine herrliche Sommernacht. Am Himmel glänzten die Sterne und die kühle Luft erfrischte Vlads Gesicht. Nach ein paar Minuten kehrte er ins Zimmer zurück und legte sich ins Bett. Er lag auf dem Rücken, den Blick zur Decke und versuchte, seine Gedanken zu ordnen. Doch er war zu müde. Die Reise von Egrigöz nach Konstantinopel und das Treffen mit dem Sultan waren anstrengend gewesen und die große Ungewissheit, wie ihr Leben hier im Palast verlaufen würde, übte einen großen Druck auf ihn aus.

Als er die Augen schloss, hörte er die Stimme seines verstorbenen Vaters: „Ich bin stolz auf dich, Vlad. Der Sultan bewundert deine Intelligenz und deinen Mut. Er wird dir dabei helfen, in die Walachei zurückzukehren und den Thron, der dir zu steht, zurückzugewinnen. Bis dahin folge seinen Befehlen und versuch, ihn nicht zu enttäuschen."

„Was ist mit seinem Sohn Mehmed? Sein Blick gefällt mir nicht."

„Halte dich fern von ihm. Er ist bösartig und eifersüchtig, weil der Sultan dir und Radu so viel Aufmerksamkeit schenkt. Du wirst herausfinden, wie du mit ihm umgehen musst. Schwierige Aufgaben warten auf dich. Doch hab keine Angst. Wenn es so weit ist und du auf dem Weg in die Walachei bist, werde ich dir ein Zeichen schicken."

„Was für ein Zeichen, Vater?"

„Das wirst du selbst herausfinden, wenn die Zeit gekommen ist."

Vlad wollte seinem Vater weitere Fragen stellen, aber dieser verschwand und der junge Mann schreckte hoch. Vlad brauchte ein paar Sekunden, um zu begreifen, was geschehen war. Es war nur ein Traum gewesen. Er starrte mit leerem Blick in den Raum. Kurz darauf hörte er die Stimmen der Wächter bei der Wachablösung und dann öffnete Kenan die Tür, um zu prüfen, ob alles in Ordnung war.

Vlad nutzte die Gelegenheit und fragte ihn nach einer Waffe: „Es ist mir bewusst, dass du klare Anweisungen hast, aber ich brauche eine Waffe. Unbewaffnet fühle ich mich, als wäre ich nackt."

„Macht euch keine Sorgen. Ihr werdet morgen eurer neues Gewand und die Ausrüstung bekommen. Versucht jetzt zu schlafen. Gute Nacht! Morgen wird ein guter Tag", erwiderte Kenan. Seine Worte beruhigten Vlad ein bisschen. Er ließ sich wieder in sein Bett fallen und schlief rasch ein.

Am nächsten Morgen erwachte er frisch und ausgeruht. Er marschierte mit langsamen Schritten und gerunzelter Stirn durch den Raum, als Sami und Kenan hereinkamen. Sie brachten ein neues Gewand und die Ausrüstung. Dabei erwachte auch Radu. Er sah Vlad an und lächelte. Vlad freute sich darüber. Er umarmte ihn und drückte ihn fest an seine Brust. Seit Langem hatte er seinen Bruder nicht mehr so glücklich gesehen.

„Ich habe von unserer Mutter geträumt", erzählte Radu. „Ich sah sie in ihrem Schloss in Transsylvanien. Ich glaube fest, dass sie lebt und dort auf uns wartet."

„Das glaube ich auch. Wir werden sie finden, ob in Transsylvanien oder anderswo. Ich verspreche es dir. Wir werden unsere Mutter wiedersehen."

Radu atmete tief durch und setzte sich an den Tisch.

Vlad blickte kurz zu Sami und bat: „Erzähle mir etwas über den Palast. Ich möchte alles über die Räume und Gänge wissen."

„Gut, folge mir", forderte der Diener ihn auf.

Die beiden verließen das Gemach und gingen durch verschiedene Flure in den großen Hof. Sami zeigte ihm die Palastschule, wo die Jungen für Staats- und Verwaltungsberufe ausgebildet wurden.

„Dieser Korridor, hinter dem Thronsaal, ist verboten. Dort sind die Privatgemächer des Sultans", erklärte Sami.

Dann zeigte er Vlad den zweiten Hof mit seinen Staats- und Verwaltungsräumen, die Palastküche und die Räume, in denen Lanzenträger und die Leibgarde des Sultans wohnten. Vlad war zufrieden mit diesem Überblick. Falls er und sein Bruder einmal flüchten mussten, war er vorbereitet.

Sie kehrten zurück in ihre Räume, wo Kenan und Radu auf sie warteten. Nachdem sie gefrühstückt hatten gingen sie zum Badehaus. Der Treppenaufgang und der Raum waren mit blauen, roten und vergoldeten Kacheln gefliest. In den hinteren Ecken standen zwei Kandelaber und an allen Wänden hingen Spiegel. In der Mitte befand sich ein Dampfbad aus Marmor mit einer kreisrunden Liegefläche, an dessen Rand hübsche junge Dienerinnen standen, die für die Erholung und Entspannung der Gäste zuständig waren.

Die vier Männer traten in den Pool und ließen sich von den Händen der schönen Frauen massieren und pflegen. Es tat ihnen gut, besonders Vlad und Radu, die schon fast vergessen hatten, wie es sich anfühlte, von anderen Menschen berührt zu werden. Nach dem Bad rochen die beiden sehr gut und ihre langen schwarzen Haare, die bis auf ihre Schultern fielen, glänzten. Bald darauf befanden sie sich auf dem Weg zum Unterrichtssaal. Vlad konnte es kaum erwarten, die anderen Bewohner des Palastes zu treffen. Ihre neuen Pumphosen und der Leibrock, die aus Wolle und edler Seide gefertigt waren, und ihre neuen Stiefel waren sehr bequem. Was Vlad allerdings überhaupt nicht gefiel, waren die glänzenden Hemden, die Manschetten und die goldenen Ränder an seinen Stiefeln.

Er mochte derlei Tand nicht. Doch er wollte sich anpassen und musste sich daher damit abfinden. Um sein Ziel zu erreichen und in die Walachei zurückzukehren, musste er das Spiel, in das er hineingezogen worden war, mitspielen. Und er war körperlich und geistig für alles bereit.

In der Palastschule kam ihnen ein Mann mit grauen Haaren und einem kurzen Bart entgegen. Er trug einen grünen seidenen Leibrock und scharlachrote Pumphosen. In der Hand hielt er ein Buch über historische Ereignisse des Imperiums.

Er verbeugte sich leicht, als er sich vorstellte: „Mein Name ist Tarek. Ich heiße euch herzlich willkommen und ich hoffe, dass ihr euch gut erholt habt. Meine Aufgabe ist es, euch die mentalen, geistigen und historischen Disziplinen beizubringen. Bitte, folgt mir!"

Kurz darauf traten sie in einen kleinen Raum, in dem fünf junge edle Männer an Tischen saßen. Alle Augen waren auf sie gerichtet. Unter den Männern befand sich auch Mehmed, der neugierig aufs Vlad Erscheinung wartete. Er warf ihm einen drohenden Blick zu und versuchte dann, ihn mit einem spöttischen Lächeln zu verunsichern. Vlad ignorierte sein Verhalten souverän und blieb mit Radu stehen. Sie verbeugten sich leicht und begrüßten die Anwesenden mit freundlichen Blicken.

Tarek sah die anderen an und sagte: „Ich möchte euch eure neuen Mitschüler, Vlad und Radu, Prinzen der Walachei, vorstellen."

Außer Mehmed, der sie mit stechendem Blick musterte, grüßten die anderen Schüler sie höflich. Tarek bat Vlad und Radu, sich zu setzen, und der Unterricht begann. Im Laufe der nächsten Stunden beeindruckte Vlad alle mit seinem hervorragenden Türkisch und mit seinem Wissen, aber auch mit seiner imposanten und dominanten Haltung.

Mehmed kochte vor Wut. Dass Vlad so gebildet und intelligent war, machte ihn noch neidischer. Das Blut stieg ihm in die Wangen und er kaute wieder auf seinen Lippen herum. Er musste dafür sorgen, dass Vlad und Radu wieder verschwanden.

Kapitel 3

Die Zeit am Hof des Sultans verging wie im Flug. Schon fast zwei Jahre waren Radu und Vlad nun dort. An einem Sommertag betrat der Sultan mit schweren Schritten und von seiner persönlichen Garde begleitet, die königliche Loge der Kampfarena. Seine Frau Hüma und alle seine Söhne, darunter auch Mehmed, warteten dort schon auf ihn. Alle Untertanen traten zur Seite und verbeugten sich vor ihm. Trotz seiner Krankheit und all seiner Sorgen wollte Murad diesen Kampf heute nicht versäumen. Er wollte unbedingt Vlad sehen, den Mann, der bisher in allen Kämpfen ungeschlagen geblieben war und der heute gegen einen der stärksten Kämpfer des Imperiums antreten würde. Die Menge jubelte, als Vlad auf seinem schwarzen Ross Chetos in die Arena kam. Seine langen schwarzen Haare umhüllten seine breiten Schultern und aus seinen Augen blitzten seine Stärke und seine Ausstrahlungskraft. Er galoppierte souverän vor die Tribünen, um die Menge zu begrüßen, dann blieb er vor der Loge stehen und verbeugte sich vor dem Sultan und seiner Familie sowie vor den vielen Ministern, die anwesend waren.

Als Nächstes kam sein Gegner Guran aus der Provinz Tankar auf einem weißen Pferd hereingeritten und begrüßte ebenfalls die Anwesenden auf der Tribüne und in der königlichen Loge. Er warf Vlad einen drohenden Blick zu und blieb auf der rechten Seite der Tribüne stehen. Der Sultan sprach ein paar Worte, dann hob er seine Hand und erklärte die Kämpfe für eröffnet. Die Menge jubelte und die Kämpfer machten sich bereit. Sie setzten ihre Helme auf und nahmen ihre Kampfposition ein, dann senkten sie ihr Lanzen und warteten auf das Startsignal. Auch wenn Guran ein sehr starker Gegner war, spürte Vlad keine Nervosität. Im Gegenteil, er war hungrig nach neuen Siegen, nach Ruhm und Anerkennung. Und er wollte noch einmal beweisen, dass seine Stärke nicht zu übertreffen war.

Da ertönte das Startsignal.

Vlad und Guran ritten mit gesenkten Lanzen aufeinander zu. Sie schlugen mit ihrer ganzen Kraft zu und ritten dann aneinander vorbei.

Noch saßen beide unverletzt auf ihren Pferden und nahmen wieder die Startposition ein. Dann trieben sie ihre Pferde erneut an. Mit vollem Galopp und gesenkter Lanze traf Vlad beim zweiten Schlag hart seinen Gegner. Auch Guran schlug mit voller Kraft zu, doch ohne Erfolg. Beide konnten sich auf den Pferden halten und ein neuer Angriff erfolgte. Beim nächsten Zusammenprall zerschellte Vlads Lanze am Brustpanzer seines Gegners und dieser stürzte im selben Moment vom Pferd.

Die Hufe von Vlads Pferd wirbelten Staub auf. Einen Moment hielt er inne, dann ritt er zur königlichen Loge. Die Menge auf den Tribünen jubelte seinen Namen. Mit seinen siebzehn Jahren war er ein außergewöhnlich wackerer Kämpfer.

Vlad verbeugte sich vor dem Sultan. Dieser stand von seinem goldenen Sessel auf. Die Begeisterung stand ihm ins Gesicht geschrieben. Vlad hatte seine Kampfqualitäten bewiesen, diesmal gegen einen der stärksten Kämpfer des Imperiums. Die Mundwinkel des Sultans deuteten ein leichtes Lächeln an und seine Augen strahlten vor Bewunderung. Er hob seine Hand und die Menge wurde still.

Dann blickte er Vlad an und sagte: „Du hast meine Erwartungen vollkommen erfüllt. Aus dir ist ein großartiger Kämpfer geworden. Nach Sonnenuntergang begib dich in mein Gemach. Ich habe Wichtiges mit dir zu besprechen."

„Sehr wohl, verherrlichter Sultan."

Mehmed, der die ganze Zeit kein Wort gesagt hatte, erhob sich ebenfalls von seinem Sessel und gratulierte Vlad. Dass er eifersüchtig war, war nicht zu übersehen. Die Aufmerksamkeit seines Vaters gegenüber Vlad vermehrte seinen Hass und Zorn nur noch. Sein aufgesetztes Grinsen konnte nicht darüber hinwegtäuschen, denn seine Augen blickten Vlad giftig an. Er hasste ihn nicht nur wegen der großen Aufmerksamkeit und des Vertrauens, das ihm der Sultan zeigte, sondern auch wegen seiner außergewöhnlichen Kampfqualitäten und seiner Intelligenz. Wie kann jemand so viele Qualitäten in sich vereinen?, fragte er sich.

Vlad konnte Mehmed ebenfalls nicht leiden und versuchte meist, ihm aus dem Weg zu gehen. Feindseligkeit lag zwischen den beiden, schon seit ihrer ersten Begegnung im Thronsaal.

Als sich die schöne Hüma erhob, verließ die ganze königliche Familie die Loge. Guran konnte wegen des starken Schlages ohne Hilfe nicht mehr aufstehen. Vlad hatte sich nur leicht am Arm verletzt. Er begab sich in Begleitung seines Freundes Sami in sein Gemach und ließ sich die kleine Wunde verbinden. Dann nutzte er die Zeit bis zu seinem Treffen mit dem Sultan, um abzuschalten und den Kopf frei zu bekommen. Die Stunden vergingen rasch.

„Es ist Zeit", sagte Kenan schließlich. „Wir können uns auf den Weg zum Sultan machen."

Kurz darauf standen sie vor dem königlichen Gemach. Kenan blieb draußen, neben den Wachleuten. Vlad trat ein und verbeugte sich tief vor dem Herrscher des Osmanischen Reiches. Was ihm dieser nun mitteilte, hätte er nie zu hoffen gewagt.

„Die Zeit ist gekommen", sagte der Sultan. „Dein Traum wird wahr. Du wirst in dreieinhalb Tagen nach Sonnenaufgang Konstantinopel verlassen und in die Walachei reiten. Feinde deines Vaters, die jetzt auch deine Feinde sind, sitzen auf deinem Thron. Geh, nimm dir das, was dir gehört, und befreie dein Land von den Betrügern. Die Krone der Walachei gehört dir!"

Als Vlad das hörte, spürte er eine Freudenexplosion in seinem Herzen.

„Euer Befehl ist auch mein großer Wunsch, verherrlichter Sultan", erwiderte er.

„Ich stelle dir zwanzig Soldaten zur Verfügung, die dich dorthin begleiten werden. Du musst keinen Krieg führen, sondern nur Vladislav beseitigen, um den Thron zurückzuerobern. Alle anderen Menschen in der Walachei sind auf deiner Seite: die Armee, die Kirche, viele treue Diener deines Vaters und auch das walachische Volk, das auf deine Rückkehr wartet."

Vlad hatte in den letzten Monaten oft an eine Reise in die Walachei gedacht und auch an die schwierigen Aufgaben, die dort auf ihn warteten. Dass er schon in drei Tagen abreisen soll, erschien ihm aber fast zu rasch, denn er wusste nicht, dass der Sultan schon vor einiger Zeit mit der Aufstellung seiner Reitertruppe begonnen hatte. Die Überraschung war genauso groß, wie die Freude, die sich in seinem Gesicht spiegelte. Er konnte nicht glauben, dass dieser Augenblick so nah war. Die Gefühle, die er jetzt hatte, waren eine Mischung aus Freude und Ungewissheit. Über allem lag der Gedanke nach Rache. Er wollte die Mörder seines Vaters und seines älteren Bruders bestrafen. Das gab ihm in diesem Moment die Kraft, die raschen Änderungen anzunehmen und einen klaren Kopf zu bekommen. Dann dachte er an seinen Bruder Radu.

Als hätte der Sultan seine Gedanken gelesen, sagte er: „Wegen deines Bruders brauchst du dir keine Sorgen zu machen. Sami und Kenan werden gut auf ihn aufpassen. Außerdem werde ich ihm eine persönliche Garde zur Verfügung stellen, die ihn vor eventuellen Angriffen beschützen wird. Ich gebe dir mein Wort, dass ihm nichts passieren wird. Wenn du in der Walachei alles geregelt hast, wird dein Bruder nachkommen. Ich bin sicher, dass dir das recht ist."

„Ja, das ist die beste Entscheidung, ich bin vollkommen einverstanden. Radu ist zu jung, um mich zu begleiten. Ich möchte auch, dass er hier in Sicherheit bleibt, bis ich zurückkomme, um ihn zu holen."

„Gut. Der Rest liegt in deinen Händen, Vlad. Wir werden uns vor deiner Abreise noch einmal sehen. Bis dahin hast du noch einiges zu erledigen."

Vlad verbeugte sich vor dem Sultan und verließ das königliche Gemach. Vor der Tür wartete Kenan ungeduldig auf ihn. Als er Vlads funkelnde Augen und sein Lächeln sah, wusste er, dass alles gut gelaufen ist.

„Ich werde in drei Tagen in die Walachei reisen, um Vladislav zu beseitigen und mir die Krone, die mir zusteht, zu holen", verkündete Vlad triumphierend.

„Ich freue mich für dich, dass du endlich in deine Heimat zurückkehren kannst", sagte Kenan mit bewegter Stimme.

„Komm, ich muss meinem Bruder unverzüglich davon erzählen. Er wird sich auch sehr darüber freuen."

Sie eilten in die Gemächer zurück, wo Sami und Radu gerade Schach spielten. Vlad näherte sich ihnen, sah seinen Bruder an und sagte: „Ich habe dir etwas zu sagen, Radu. In drei Tagen werde ich mich auf eine Reise in die Walachei begeben und ich weiß nicht, wann ich zurückkomme."

„Nimm mich mit! Ohne dich will ich hier nicht bleiben. Ich habe Angst", rief Radu aus.

„Das würde ich gern tun, aber du bist noch ein Kind und ich kann dich nicht in Gefahr bringen. Ich würde es mir nicht verzeihen, wenn dir etwas zustoßen sollte. Hier bist du in Sicherheit. Der Sultan hat mir sein Wort gegeben, dass er gut auf dich aufpassen wird. Du bekommst eine persönliche Garde zu deinem Schutz. Ich werde mit einer zwanzig Mann starken Truppe in die Walachei aufbrechen und sie zurückerobern. Vielleicht kann ich noch ein paar Freunde bitten, mich zu begleiten. Ich werde alle Verräter und Verbrecher finden und Rache nehmen, für das, was sie unserem Vater und Mircea angetan haben. Und wenn ich alles erledigt habe, werde ich zurückkommen und dich holen. Sami und Kenan werden gut auf dich aufpassen, so wie sie es immer getan haben. Vor Mehmed musst du dich in Acht nehmen. Vermeide jeden Konflikt mit ihm. Er wird bei jeder Gelegenheit versuchen, seine Macht als Kronprinz zu beweisen. Solange der Sultan lebt, hast du nichts zu befürchten. Du stehst unter seinem Schutz. Wir müssen beten, dass er seine schwere Krankheit überwindet und noch viele Jahre das Imperium regiert. Ich möchte, dass du dein Kampftraining fortsetzt, während ich fort bin."

„Ich werde alles tun, was du von mir verlangst. Ich will dich nicht enttäuschen", erwiderte Radu mit zitternder Stimme.

„Dann haben wir alles geklärt", sagte Vlad, drückte seinen Bruder an sich und küsste ihn auf die Stirn.

Auch wenn er nach diesem anstrengenden Tag müde war, wollte Vlad unbedingt nach seinem Pferd Chetos sehen und ging in den Stall. Er streichelte den Hengst und lobte ihn leise auf Rumänisch für seinen Einsatz im Kampf.

Plötzlich hörte er Schritte, die sich dem Stall näherten. Um diese

Uhrzeit war das ungewöhnlich, daher griff er nach seinem Schwert und versteckte sich hinter einem Heuballen. Als sich das Tor öffnete, sprang Vlad aus seinem Versteck, bereit zum Kampf. Zu seiner Überraschung waren es jedoch keine Attentäter, sondern seine besten Kampfkameraden, Altun, Erci und Hasan. Die drei standen wie versteinert da, dann brachen sie in lautes Gelächter aus.

Hasan ergriff das Wort: „Wir wissen von Sami und Kenan, dass du hier bist. Sie haben uns auch gesagt, dass du dich für eine wichtige Mission vorbereitest. Egal was uns erwartet, wir wollen dich begleiten."

Vlad fehlten für einen kurzen Augenblick die Worte. Dann antwortete er: „Das ist richtig. Ich werde in drei Tagen in die Walachei reiten."

„Wir sind deine besten Kameraden und wir können dich auf dieser Reise nicht allein lassen, auch wenn du eine zwanzig Mann starke Truppe hast. Du brauchst uns, Vlad. Nimm uns als deine Kapitäne mit."

„Du hast recht. Ich wollte euch sowieso darum bitten. Jetzt freue ich mich umso mehr, da ihr mich zuerst angesprochen habt. Weiß der Sultan von eurer Absicht, mich in die Walachei zu begleiten?"

„Ja, wir kommen direkt von ihm. Wir haben ihn um Erlaubnis gebeten und er ist einverstanden."

„Dann wäre alles geklärt, meine Kapitäne", sagte Vlad lächelnd und umarmte seine Kameraden.

Die Männer schauten sich an und ihre Augen funkelten vor Erregung. Sie standen jetzt vor ihrer ersten großen Mission und das machte sie noch stärker als zuvor.

„Macht euch für die Abreise bereit, meine Freunde", rief Vlad aus.

„Da wäre noch etwas, Vlad", sagte Altun. „Ich glaube, dass ich heute Vormittag Gugusyoglu auf der Tribüne gesehen habe. Sicher bin ich mir aber nicht. Wir könnten es überprüfen, und falls sich mein Verdacht bestätigt, können wir schon vor der Abreise etwas gegen ihn unternehmen."

Vlads Gesicht verdunkelte sich. Für eine kurze Zeit war er wie betäubt und konnte nicht fassen, dass Gugusyoglu noch am Leben sein sollte und sich frei bewegte. Er fühlte sich, als hätte ihm jemand ein Messer tief ins Herz gestochen.

„Redest du von Gugusyoglu, dem Gefängnisaufseher, der mich und Radu gefoltert hat?"

„Ja."

„Das ist unmöglich. Er wurde hingerichtet."

„Das glaubten wir auch, aber jetzt bin ich mir nicht mehr so sicher."

Vlad atmete tief durch und blickte kurz ins Leere. Eine innere Stimme sagte ihm, dass er erst einmal nachdenken und seine Entscheidungen vorsichtig treffen musste.

„Hast du außer mit uns noch mit jemand anderem über deinen Verdacht gesprochen?", erkundigte er sich.

„Nein, mit niemandem."

„Gut. Keiner darf etwas davon erfahren. Wenn Gugusyoglu tatsächlich noch lebt, dann weiß ich, wer dahinter steckt und ihm den Befehl gegeben hat, mich und Radu in ein Gefängnis zu stecken und uns zu foltern."

„Mehmed?", fragte Erci. „Du denkst, das war der Prinz?"

„Wer sonst? Nur er konnte die Hinrichtung verhindern, ohne dass sein Vater etwas bemerkte. Er hat Gugusyoglu verschont, weil er ein Teil seines Plans ist und weil er ihn für weitere Aufgaben braucht. Gugusyoglu war kein einfacher Gefängniswärter. Er war und ist ein Spion, der im Schatten für Mehmed arbeitet."

„Was sollen wir jetzt tun, Vlad? Was sollen wir gegen ihn unternehmen? Willst du, dass wir ihn umbringen? Befehle es, und wir werden es tun."

„Nein. So etwas wird uns nur Ärger bringen. Mehmed wird gleich wissen, dass ich den Befehl dazu gegeben habe, und das wird nicht gut für Radu sein, der hierbleiben muss. Mehmed wird seine Wut auf irgendeine Weise an ihm auslassen. Das ist mir zu riskant. Ich werde mich nach meiner Rückkehr um die Sache kümmern. Jeder muss für seine Taten früher oder später zahlen", sagte Vlad mit zusammengebissenen Zähnen.

Seine Kameraden wussten, was das bedeutete: die höchste Strafe.

Sie trainierten schon so lange zusammen und sie hatten hier im Palast so viele gute Zeiten miteinander erlebt, dass es ihnen gelungen war, Vlad besser als jeder andere zu verstehen. Sie kannten sein Leben, sein Leid und seine Wünsche und deshalb wollten sie ihm jetzt unbedingt auf seiner Reise in die Walachei folgen. Sie waren stolz, so einem Menschen zu dienen, und gleichzeitig waren sie hungrig nach Abenteuer und anderen Ländern.

Kurz darauf verließen die vier den Stall und machten sich auf den Weg zu ihren Gemächern. Vlad spürte eine große Müdigkeit. Die Nacht brachte einen angenehm warmen, sommerlichen Wind. In seinem Schlafzimmer wartete Sami auf ihn. Er zog ihm die Stiefel aus und half ihm, sich zu entkleiden. Dann sprachen sie kurz über Radu, der schon tief schlief, und über die wichtigsten Aufgaben, die Vlad in den nächsten drei Tagen noch zu erledigen hatte.

Als Vlad am nächsten Morgen erwachte, fühlte er sich anders als bisher. Viele Gedanken gingen ihm durch den Kopf: das Kommando über eine Truppe, die Reise in die Walachei und all das, was ihn dort erwartete. Die Freude war groß, dass er endlich seinem Ziel näherkam, aber die Ungewissheit war brutal. Die Qualitäten eines Führers hatte er, aber die Erfahrung fehlte ihm. Er brauchte in diesem Moment eine moralische Unterstützung, um seinen Verstand zu stärken, und dachte sofort an Tarek, der nicht nur sein Lehrer, sondern auch sein mentaler Trainer war. Gleich nach dem Frühstück machte er sich auf den Weg zu ihm.

Er fand Tarek in seinem Garten, wo er mit der Pflege seiner Rosen beschäftigt war. Sein gütiges, väterliches Gesicht wandte sich Vlad zu.

„Ich bin froh, dass du gekommen bist", sagte er mit einem Lächeln. „Diese Rosen brauchen deine Hilfe, genauso wie du ihre Hilfe brauchst. Komm, gehen wir zusammen spazieren."

Gemeinsam gingen sie über die Wege des schön angelegten Gartens. Vlad verbrachte den ganzen Vormittag dort und führte mit seinem Lehrer Gespräche, die ihm halfen, seine Gedanken besser zu ordnen und zu mehr Sicherheit in seinen Entscheidungen zu gelangen.

Am Nachmittag traf er sich mit dem Sultan, um letzte Anweisungen für die Reise zu bekommen und sich über die genaue Route zu informieren, die er mit seiner Truppe nehmen sollte, um die Walachei ohne Schwierigkeiten zu erreichen. Ihm war bewusst, dass der Sultan gute Absichten mit ihm hatte, er wollte ihm mit dieser Mission helfen, aber gleichzeitig gab es einen unausgesprochenen Kompromiss zwischen ihnen, einen Kompromiss, er zum Nutzen beider Länder sein würde. Es war eine Situation, in der beide nur gewinnen konnten. Der Sultan wollte, dass Vlad die Krone der Walachei erhielt, damit er mit ihm gute politische Kontakte pflegen konnte, und Vlad wollte seinen großen Traum verwirklichen, endlich die Betrüger zu beseitigen und die Herrschaft über sein Land zu erlangen.

Die nächsten beiden Tage vergingen schnell. Nun trennte Vlad nur noch eine Nacht von der Reise, die ihn näher an seinen Traum bringen würde. Er betrachtete Radu, der in seinem Bett schlief, und bat Gott, ihn zu schützen. Dann legte er sich in sein Bett und sah seinem Bruder zu, wie friedlich er schlief. Seine Augenlider wurden langsam schwer und er schlief ebenfalls ein.

Drei Stunden nach Mitternacht wachte er auf. Er fühlte sich ausgeruht und voller Kraft. Bis in die Morgendämmerung spazierte er durch das Zimmer und dachte nur an die Worte, die sein Vater im Traum gesprochen hatte.

Bei Sonnenaufgang traten Sami und Kenan in den Raum und brachten das osmanische ritterliche Gewand, das Vlad anziehen sollte. Sie halfen ihm hinein und warteten dann geduldig. Radu saß auf seinem Bett und sah ihm zu.

„Ich bin bereit", sagte Vlad. „Dann können wir losgehen", erwiderte Sami.

„Hilf mir, Gott, dass ich meine Aufgabe erfülle und gesund zu meinem Bruder zurückkomme!", betete Vlad und umarmte Radu und Kenan fest. Anschließend bekreuzigte er sich und verließ zusammen mit Sami den Raum. Er hatte Tränen in den Augen. Im Stall wartete der Pferdeknecht. Er hatte sein Pferd bereits gesattelt. Der Hengst wieherte freudig, als er seinen Herrn erblickte.

Nun verabschiedete sich Vlad von seinem treuen Freund Sami: „Passt gut auf meinen Bruder auf – und auf dich auch!"

„Das werde ich tun. Du wirst deinen Bruder gesund wiedersehen. Das verspreche ich dir!"

„Ich vertraue dir", erwiderte Vlad.

Dann schob er seinen Fuß kräftig in die Steigbügel und stieg in den Sattel. Er trieb sein Pferd an und ritt durch das offene Tor. Draußen vor dem Palast warteten bereits seine Kämpfer auf Pferden auf ihn. Vlad blieb mit seinem schwarzen Ross vor ihnen stehen. Seine Kapitäne, Altun, Erci und Hasan begrüßten ihn mit erwartungsvollem Blick.

Vlad trat vor die Truppe, hob eine Hand und sprach: „Ritter! Diese Reise bringt uns weit weg von Konstantinopel, in die Walachei. Dort wartet auf uns eine wichtige Aufgabe. Es wird eine anstrengende Reise. Folgt meinen Befehlen und mit Gottes Hilfe werdet ihr alle in kurzer Zeit genau an diesen Platz zurückkehren."

Kaum hatte Vlad seine Rede beendet, hörte er hinter sich Pferde, die sich im Galopp näherten. Er drehte sich um und sah Mehmed in Begleitung seiner Garde. Direkt vor Vlad machte er halt.

„Ich bin gekommen, um dir eine gute Reise und viel Glück zu wünschen", sagte er grinsend. Vlad schaute ihm tief in die Augen und sagte: „Bete für mich, Mehmed, denn da, wo ich hingehe, werde ich den Feinden meines Volkes begegnen und nicht Freunden, so wie ich sie hier habe."

Mehmed kniff seine Augen zusammen. Er spürte die Arroganz in Vlad Worten. Dass er nicht Vlads Freund war, wussten alle, und er hasste sein triumphierendes Lächeln. Mehmed kochte vor Wut, doch er zuckte nur mit den Achseln und wandte den Kopf ab, um seine Gefühle zu verbergen. Dann lenkte er sein Pferd zurück. Die Garde folgte ihm. Vlad blickte ihm voller Verachtung nach. Beide wussten, dass dies nur der Anfang eines langen Konfliktes war.

Vlad schüttelte diesen Gedanken ab und wandte sich seiner Truppe zu. Die Sonne zeigte ihre ersten Strahlen und die Vögel zwitscherten. Es war ein wunderschöner Morgen.

Vlad atmete tief durch und sammelte alle seine Kräfte. Er war an einem Punkt angelangt, an dem er seinen ganzen Mut benötigte, um seine Qualitäten als Kämpfer und Führer einer Truppe und zukünftiger König zu beweisen.

Er war bereit für seine große Reise.

Kapitel 4

A ls Vlad und seine Begleiter die Stadt hinter sich ließen, fühlte er sich erleichtert. Sie ritten im langsamen Trab durch die Wälder und kamen innerhalb weniger Stunden nach Bulgarien. Da das Land seit der Niederlage gegen den Sultan zum Osmanischen Reich gehörte, konnten sie sorgenfrei hindurchreisen. Sie ritten den ganzen Tag mit wenigen Unterbrechungen durch Wälder und an Feldern entlang. Wer ihnen begegnete, hielt sie für osmanische Soldaten, die im Auftrag des Sultans unterwegs waren.

Alles lief nach Vlads Erwartungen. Er hielt es für ausgeschlossen, dass hier jemand einen Angriff auf ihn verübte, rechnete aber mit Spionen. Diese waren überall, das hatte sein Vater ihm schon als Kind erklärt. Sein weiser Rat, niemandem zu vertrauen und nur dem eigenen Verstand zu folgen, um die richtigen Entscheidungen zu treffen, begleitete ihn ständig. Nachts schliefen Vlad und seine Männer im Wald oder auf dem freien Feld und immer hielten mehrere Leute Wache.

Nach vier Tagen kamen sie in die Nähe der Grenze. Vlad wusste, dass im letzten Rasthaus vor der Donau, welche die Grenze zwischen Bulgarien und der Walachei markierte, ein Kontaktmann auf sie wartete. Dieser sollte ihm Näheres über die Lage in der Walachei berichten. Dieser Mann war schon vor vier Wochen auf Befehl des Sultans in die Walachei gereist, um Informationen zu sammeln. Obwohl er sonst in Konstantinopel im Palast lebte, kannte Vlad ihn nicht. Nur wenige wussten, wer dieser Mann in Wirklichkeit war. Alle nannten ihn den „Mann im Schatten". Umso mehr wurde im Palast über ihn gesprochen. Unter anderem erzählte man sich, dass er vor vielen Jahren als Kind aus der Walachei nach Konstantinopel gebracht worden sei. Unter strengem Schweigen und unter der Beobachtung durch den Sultan war er aufgewachsen und in Kampf und Spionage ausgebildet worden. Der osmanische Herrscher schätzte ihn wegen seiner Intelligenz und seiner Kampfqualitäten, daher behandelte er ihn mit sehr viel Respekt.

Als Vlad noch in Konstantinopel gewesen war, hatte er einiges über ihn gehört. Er fühlte sich diesem Mann verbunden, ohne ihn je gesehen zu haben.

Nun wartete er neugierig auf das Treffen mit dem unbekannten Ritter und deshalb wollte er es noch vor Einbruch der Dunkelheit bis zur Grenze schaffen. Als sie auf einem kaum benutzten Weg den Waldrand erreichten, zeigten ihnen schwache Lichter in der Ferne ein Gebäude an. Sie hatten ihr erstes Ziel erreicht!

Die ersten Sterne funkelten durch die Baumspitzen. Vlad trieb sein Pferd an und galoppierte allein in Richtung der Lichter. Nachdem er sich vergewissert hatte, dass das Gebäude das gesuchte Rasthaus war, kehrte er zu seinen Leuten zurück. Ein seltsames Gefühl überkam ihn. Es war eine Mischung aus Freude und Ungewissheit. Er saß ab und untersuchte zusammen mit dreien seiner Männer sorgfältig die Umgebung.

Dann wandte er sich an seine Ritter und verkündete: „Wir werden die Nacht hier verbringen. Wir werden uns in zwei Gruppen aufteilen. Die eine kommt mit mir, Erci und Hasan, und die andere bleibt mit Altun hier und bereitet das Lager vor. Ich werde einen Besuch in der Gaststätte machen. Ein Mann wartet dort auf mich, um mir wichtige Informationen über die Lage in der Walachei zu bringen."

„Kennst du diesen Mann?", fragte Altun.

„Ich habe von ihm gehört, aber begegnet habe ich ihm bisher noch nicht. Doch ich weiß, dass er ein Vertrauter des Sultans ist."

„Gut. Dann passt gut auf euch auf!"

„Das werden wir, keine Sorge. Uns passiert nichts."

Vlad schwang sich erneut in den Sattel und mit einer Handbewegung bedeutete er seinen Rittern, ihm zu folgen. Dann gab er seinem Pferd die Sporen. Erci, Hasan und die Hälfte der restlichen Truppe folgten ihm.

Als sie sich dem Rasthaus näherten, hörten sie laute Männerstimmen. Plötzlich tauchte ein junger Bursche wie aus dem Nichts auf.

„Wer seid Ihr?", fragte er.

„Wir sind osmanische Ritter", antwortete Vlad und stieg von seinem Pferd. „Wir sind durstig und brauchen auch etwas zu essen. Kannst du dich um die Pferde kümmern?"

Bei diesen Worten warf er dem jungen Mann eine Silbermünze zu.

Dieser fing sie geschickt auf und betrachtete sie genau. Nachdem er sich überzeugt hat, dass sie echt war, sagte er: „Euer Wunsch ist mir Befehl. Ich werde alles zu Eurer Zufriedenheit erledigen."

„Gut. Halte dich an dein Versprechen. Wenn du deine Arbeit gut machst, bekommst du noch eine Münze."

Vlad teilte den anderen mit, dass nur er selbst mit Hasan und Erci hineingehen würde, die anderen sollten draußen warten und Wache halten. In der Nähe der Tür wurde der Prinz von einer Bewegung abgelenkt. Er drehte seinen Kopf in die Richtung, um genauer hinzusehen, und blickte direkt in die hellbraunen Augen eines großen schwarzen Hundes, der sich nicht von der Stelle bewegte. Vlad näherte sich ihm. Der Hund setzte sich und ließ es zu, dass Vlad ihn genau betrachtete. Seine kurzen, gepflegten schwarzen Haare glänzten wie Seide und seine Augen strahlten Wärme aus. Er sah nicht wie ein Hund aus, der auf Nahrungssuche war, sondern mehr wie einer, der Aufmerksamkeit brauchte. Erci und Hasan näherten sich ebenfalls dem Hund. Vlad hatte ein seltsames Gefühl bei dieser Begegnung, irgendetwas zog ihn zu dem Tier.

„Wem gehört der Hund?", fragte er den jungen Mann, der inzwischen Heu und Wasser für die Pferde geholt hatte.

„Ich weiß nicht. Ich sehe ihn zum ersten Mal. Wahrscheinlich hat er sich verlaufen."

Vlad blickte zu dem Hund und mit einem leichten, verspielten Lächeln, fragte er: „Hast du dich verlaufen?"

Zu seiner großen Überraschung bewegte der Hund seinen Kopf einmal nach links und dann nach rechts.

„Was? Heißt das Nein?", fragte Vlad grinsend.

Diesmal bewegte der Hund sein Kinn nach unten. Die Überraschung wurde noch größer und Vlad ließ sich auf das Spiel ein.

„Weißt du, wer ich bin?"

Der Hund nickte. Vlad war verblüfft.

„Das kann doch nicht wahr sein! Dieser Hund versteht mich und er weiß auch, wer ich bin", rief er fassungslos aus.

Erci und Hasan trauten ihren Augen und Ohren nicht. Vlads Neugierde stieg und er fragte den Hund weiter: „Was machst du hier?"

Der Hund bewegte diesmal seinen Kopf nicht. Er starrte Vlad direkt in die Augen und übermittelte ihm ein Gefühl der Vertrautheit.

Vlad dachte plötzlich an das, was ihm die Stimme seines Vaters vor zwei Jahren gesagt hatte, als er im Palast angekommen war.

„Bist du wegen mir hier?", fragte er.

Der Hund nickte, ohne seinen Blick von ihm zu nehmen.

„Wer bist du? Bist du das Zeichen, das mir mein Vater schickt?"

Statt ihm eine Antwort zu geben, starrte ihn der Hund weiter an. Tränen flossen auf seine schwarze Schnauze. Vlad stockte der Atem. Er kannte diese Augen von irgendwoher, aber von wo? Er versuchte sich zu erinnern und seine Gedanken wanderten zu einem Welpen, den ihm sein Vater geschenkt hatte, bevor er als Geißel ins Osmanische Reich gekommen war. Die Hündin war sofort sein bester Freund geworden, der ihn verstand und überallhin begleitete.

Diese Hündin, die jetzt direkt vor ihm stand, hatte die gleichen Augen wie dieser Welpe. Vlad ahnte etwas, das unglaublich schien. Sein Herz fing an, schneller zu schlagen. Es gab ein Merkmal, das seine Vermutung bestätigen könnte. Instinktiv schaute er unter das Kinn des Hundes. Dort sah er tatsächlich einen kleinen weißen Fleck, der an einen Stern erinnerte.

„Maja? Bist du meine Maja?", fragte er bewegt auf Rumänisch.

Die Hündin nickte. Dann bellte sie vor Freude und wedelte eifrig mit dem Schwanz. Vlad kniete sich vor ihr nieder und umarmte sie fest.

„Meine geliebte Maja. Bist du es wirklich? Ich kann es nicht glauben, dass du mich nach so vielen Jahren gefunden hast. Wie groß du geworden bist!"

Vlad küsste sie auf die Stirn, so wie damals, und Maja legte ihren Kopf auf seinen Schoß.

„Ich dachte, dass ich dich nie mehr wiedersehen würde. Wo warst du die ganze Zeit? In Targoviste, in unserem Schloss? Bist du das Zeichen, das mir mein Vater schickt?"

Bei jeder dieser Fragen schloss Maja ihre schönen braunen Augen und bewegte ihren Kopf leicht nach unten. Vlad wusste in diesem Moment nicht, ob es sich um einen Traum, eine magische Vision handelte oder ob er tatsächlich seinen Hund von damals vor sich hatte. Eine große Freude stand ihm ins Gesicht geschrieben. Bilder aus seiner Jugend, als er noch in Targoviste lebte, die Spiele und die Spaziergänge mit Maja, gingen ihm durch den Kopf.

Fünf Jahre waren vergangen, seit er sie hatte zurücklassen müssen, und jetzt tauchte sie in dem Moment auf, als er sie am meisten brauchte. Erci und Hasan schauten völlig erstaunt zu.

„Das ist Maja, meine Hündin, die ich als Kind hatte. Sie hat mich nach so vielen Jahren gesucht und gefunden", erklärte Vlad seinen Kameraden mit Tränen in den Augen auf Türkisch.

„Du hast uns nie von ihr erzählt."

„Ich wusste nicht, dass sie noch lebt. Aber jetzt werde ich sie nie wieder verlassen. Sie wird für immer bei mir bleiben."

Vlad streichelte Maja und drückte sie fest an seine Brust.

„Du weißt, warum ich hier bin und was ich vorhabe", sagte er. „Ich werde in dieser Gaststätte von einem Mann erwartet, der mir helfen wird, meine Reise in die Walachei ohne Hindernisse fortzusetzen."

Maja blickte ihm tief in die Augen als Zeichen, dass sie alles verstanden hatte, ja mehr als das, ihr war alles, was ihr Vlad erzählte, schon vorher bekannt gewesen. Sie hatte ihre Aufgabe und sie wusste, was sie zu tun hatte. Vlad fühlte sich nun, mit Maja an seiner Seite, noch stärker als zuvor. Er war sich sicher, dass sie das Zeichen war, das sein Vater ihm versprochen hatte.

„Es ist so weit, Freunde. Lasst uns hineingehen", sagte er.

Maja nahm direkt vor der Tür Platz. Zusammen mit Erci und Hasan stieg Vlad die Stufen hinauf und ging ins Gasthaus, wo sich sofort die neugierigen Blicke der anderen Gäste auf sie richteten. Laute Stimmen und der Geruch von Wein und warmem Essen schlugen ihnen entgegen. Ein junger Mann löste sich aus der Menge und trat auf Vlad zu. Er nickte leicht und betrachtete sein Gesicht.

„Ihr seid Vlad", sagte er leise. „Ihr werdet erwartet. Folgt mir!"

Die anderen Gäste wandten sich wieder ihrem Essen und ihren Getränken zu und beachteten die drei Neuankömmlinge nicht weiter.

Der junge Mann führte Vlad und seine Männer über eine Holztreppe ins obere Stockwerk, in dem sich die Gästezimmer befanden. Sie gingen in ein kleines, schwach beleuchtetes Zimmer, in dem ein Mann auf einem gemütlichen Lehnstuhl saß. Er stand sofort auf, als Vlad hereinkam.

Der Mann war groß und imposant. Er trug einen großen schwarzen Hut auf dem Kopf, den er nun abnahm. Dann trat er einen Schritt zurück und verbeugte sich.

„Eure Majestät!", grüßte er höflich, aber nicht unterwürfig.

Seine schwarzen Stiefel reichten ihm bis zu den Knien. Silberne Knöpfe zierten seinen dunkelblauen Mantel, der so lang war, dass er beinahe den Boden berührte. Seine Erscheinung gefiel Vlad sehr. Er sah ihm direkt in die Augen und lächelte ihn dankbar an.

„Du bist also der berühmte Mann im Schatten", stellte er fest. „In Konstantinopel reden alle über dich und deine geheimen Aufgaben, die du im Auftrag des Sultans erledigst."

„Ich weiß. Es war der Wunsch des Sultans, dass ich mich in der Öffentlichkeit nicht zu oft zeige und wenn, dann unter einem anderen Namen. Als ich gehört habe, dass du unter seinem Schutz in Konstantinopel lebst, wusste ich, dass der Tag kommen würde, an dem du den Thron der Walachei zurückgewinnen willst. Der Sultan schätzt dich sehr."

„Das ist mir bewusst und ich werde ihn nicht enttäuschen. Der Sultan kennt mich sehr gut und er hat großes Vertrauen in mich. Ich werde alles tun, um die Walachei von den Betrügern zu befreien und die Freiheit meines Volkes zurückzugewinnen. Und ich werde meinem Volk so dienen, wie es mein Vater getan hat. Ich werde die Mörder meines Vaters und meines Bruders finden und sie auf eine Art bestrafen, von der die Welt bisher noch nicht gehört hat."

„Ich fühle mit dir, Vlad. Auch ich habe meine Eltern an die Feinde verloren, als ich noch ein Kind war. Ich bin ein Walache, so wie du.

Doch ich bin auch ein Osmane. Ich war fünf Jahre alt, als meine Eltern starben. Eine Zeit lang hatte ich niemanden, der sich um mich kümmerte. Ich wusste nicht, wohin ich gehen sollte, bis mich ein reisender Kaufmann fand und mir etwas zu essen gab. Er nahm mich überallhin mit, brachte mir bei, wie die Menschen wirklich sind, und sprach viel mit mir über seine Geschäfte. Ich war so glücklich in seiner Nähe. Er war ein sehr guter Mensch. Eines Tages traf er sich mit einem Freund und zusammen besprachen sie etwas, das ich damals nicht verstand. Er vertraute mich der Betreuung seines Freundes an. Nach kurzer Zeit erfuhr ich, dass der Kaufmann an einer schlimmen Krankheit gelitten hatte und gestorben war. Ich danke ihm, wo auch immer er sich nun befindet, für alles, was er für mich getan hat, und ich werde ihn für immer in meinem Herzen tragen. Nach ein paar Monaten brachte mich sein Freund nach Konstantinopel, wo ich mit anderen Kindern in meinem Alter zusammenlebte. Wir saßen alle in einem Raum und spielten, als plötzlich der Sultan hereinkam. Er ließ seinen Blick über uns schweifen und nach einigen Augenblicken deutete er auf mich. Dann nahm er mich in seine Obhut. – Jetzt weißt du alles über mich. Und ich weiß vom Sultan alles über dich. In der Walachei herrschen Not, Knechtschaft und Armut. Der Sultan hat mich dorthin geschickt, um alles zu erkunden und dir über die Lage zu berichten. Mehr als die Hälfte der Bojaren haben auch deinem Vater gedient. Sie haben sich Vladislav unterworfen, da sie keine andere Wahl hatten, auch wenn sie mit seinen Entscheidungen nicht einverstanden waren. Mit einigen von ihnen treffe ich mich im Geheimen. Wenn es so weit ist, werden sich diese Adligen auf deine Seite stellen. Sie haben die Wachen im Schloss sowie die Armee unter Kontrolle. Was ihnen fehlt, ist ein Führer. Und das bist du, Vlad, der rechtmäßige Thronfolger. Sie warten im Schloss auf dich. Ich habe alles vorbereitet, damit du ohne Hindernisse dort ankommst. In der Walachei werdet ihr von einem weiteren Kontaktmann erwartet. Er kennt die gefährlichen Kontrollpunkte, die ihr vermeiden müsst, um ohne Schwierigkeiten nach Targoviste zu kommen. Folge seinen Anweisungen, ohne zu zögern."

„Wie erkenne ich, dass er mein Kontaktmann ist?"

„Das ist eine gute Frage", antwortete der Mann im Schatten und näherte sich Vlad. „Auch die Wände haben Ohren", sagte er und flüsterte Vlad etwas ins Ohr. Dann fuhr er fort: „Anhand dieser Parole erkennst du ihn."

„Gut. Ich werde deinem Rat folgen."

Vlad fühlte sich gestärkt. Er empfand eine Verpflichtung gegenüber seinem Land und seinen Rittern, die für ihn ihr Leben riskierten. Der Schlüssel, um ohne Hindernisse nach Targoviste zu kommen, war ein Satz, von dem er dachte, dass ihn niemand außer ihm und seinem Vater kannte. Es überraschte und freute ihn, diese Worte aus dem Mund dieses geheimnisvollen Mannes zu hören.

„Hast du meinen Vater gekannt?", fragte Vlad.

„Ja, ich kannte deinen Vater gut. Vor einigen Jahren bin ich oft im Auftrag des Sultans zu deinem Vater nach Targoviste gereist. Er ahnte schon vor seinem Tod, dass dieser Augenblick kommen würde, und vertraute mir diese geheimen Worte an, damit ich dein Vertrauen gewinne. Ich habe ihm versprochen, dir zu dienen, so wie ich damals ihm gedient habe."

„Was ist mit dem Sultan?"

„Sobald du die Führung in der Walachei übernimmst, wird er mich aus seinen Diensten entlassen. Ich werde für immer als Berater an deiner Seite stehen. Das ist meine Bestimmung, so wie es deine Bestimmung ist, den Thron der Walachei zurückzuerobern. Es ist alles vorgesehen und daran kann niemand etwas ändern."

Seine offene Art rührte Vlad. Er war diesem Mann vor einer halben Stunde zum ersten Mal begegnet, doch er hatte rasch Vertrauen zu ihm gefasst. Gleichzeitig verlieh ihm das Gespräch mit dem Spion noch mehr Selbstvertrauen und er begriff langsam, dass er mehr Unterstützung hatte, als er geahnt hatte. Zu wissen, dass ein früherer Bekannter seines Vaters ihn in dieser Mission unterstützen würde, tat ihm sehr gut.

Flüsternd teilte der Mann im Schatten ihm weitere Details mit. Vlad nickte zustimmend. Sein Plan würde funktionieren. Schließlich sagte der Spion: „Mein Weg führt jetzt nach Konstantinopel. Doch eines Tages sehen wir uns in Targoviste wieder."

Sie verabschiedeten sich und Vlad kehrte mit seinen Männern und mit Maja an den Waldrand zurück, wo seine Truppe auf ihn wartete. Erleichterung spiegelte sich in den Gesichtern seiner Ritter, als sie ihn sahen.

„Es ist alles gut gelaufen", berichtete Vlad.

Maja wich die ganze Zeit nicht von seiner Seite und sah die Männer freundlich an.

„Wo hast diesen Hund gefunden?", fragte Altun.

„Nicht ich, sondern sie hat mich gefunden. Das ist die Hündin, die ich als Junge in Targoviste hatte", erklärte Vlad und drückte Maja an sich. „Morgen früh, sobald es hell ist, brechen wir auf. Jetzt wollen wir abendessen und uns dann zur Nachtruhe begeben."

Die Nacht war klar und kein Blatt bewegte sich. Nachdem sie sich aus ihren Vorräten bedient hatten, suchte sich jeder einen halbwegs gemütlichen Platz, um zu schlafen. Hasan trat die erste Wache an.

Vlad schlief mit Maja an seiner Seite. Als er am Morgen aufwachte, waren die meisten seiner Männer schon wach und hatten bereits mit den Vorbereitungen für die weitere Reise angefangen. Der Lagerkoch bereitete am Feuer einen Hirsebrei zu.

Nachdem sie diesen mit süßem Tee hinuntergeschlungen hatten, trat Vlad vor seine Männer und sagte: „Es ist so weit. Ich weiß nicht, was uns erwartet, außer dass wir die Unterstützung von mächtigen Leuten haben, die schon meinem Vater gedient haben. Trotzdem wird es für uns ein schwerer Weg werden."

Bei diesen Worten ließ Vlad seinen Blick über die Männer schweifen. Alle sahen ihn mit offenen freundlichen Mienen an, ein Zeichen ihrer großen Loyalität ihm gegenüber. Das rührte Vlad sehr. Er nickte ihnen zu und sagte: „Danke."

Gespannt warteten die Männer darauf, dass er ihnen seinen Plan enthüllte. Der Prinz erklärte: „Bisher waren wir als osmanische Ritter unterwegs. Vor der Grenze der Walachei werden wir unsere Identität ändern und uns als walachische Kaufleute ausgeben, die in Bulgarien eingekauft haben, zehn Männer sollen den Begleitschutz spielen. Die passende Kleidung und drei Wagen mit je zwei Pferden wurden schon von dem Mann im Schatten besorgt und warten unweit von hier am Rande des Waldes auf uns. Maja wird uns den Weg weisen. Lasst uns losreiten!"

Sie stiegen auf ihre Pferde und folgten Maja, die mit flatternden Ohren vorauslief. Kurz darauf erreichten sie die Stelle, an der die Wagen bereitstanden. Der Mann im Schatten hatte sich in einem Dickicht versteckt. Vlad bemerkte ihn, aber er begrüßte ihn nur mit den Augen, da der Mann offensichtlich unerkannt bleiben wollte. Nachdem sie ihre osmanischen Gewänder gegen walachische Kleidung eingetauscht hatten, setzten sie ihre Reise fort. Je zwei Männer setzen sich auf die Kutschböcke und übernahmen die Wagen. Ihre Pferde ließen sie diese sechs auf der Lichtung, der Mann im Schatten würde sich um sie kümmern.

Dann gab Vlad das Zeichen zum Aufbruch und sie ritten, so schnell es die beladenen Wagen zuließen, in Richtung Grenze. Maja war auf den vordersten Wagen gesprungen, neben dem ihr Herr ritt. Nach einer Stunde erreichten sie ohne Hindernisse die Donau.

Viele Jahre waren vergangen, seit Vlad zum letzten Mal sein Heimatland gesehen hatte. Und nun lag sie vor ihm, seine Walachei. Er musste nur den Fluss überqueren. Viele Emotionen kamen hoch und seine Augen füllten sich plötzlich mit Tränen.

Vor der Brücke befand sich eine große Menschenmenge, meist Kaufleute, die ihre Waren in die Walachei brachten, aber auch andere, die eine Besuchsreise machten. Alle mussten sich ausweisen. Pferde wieherten und die Leute versuchten, so schnell wie möglich durch den Grenzbalken zu kommen.

Ein perfekter Moment, um hinüberzukommen, denn es gab für die Wachen genug zu tun. Vlad ritt mit den Wagen voran und näherte sich als Erster dem Kontrollposten. Er hatte mit seinen Begleitern vereinbart, dass, wenn möglich, nur er sprechen würde, da die anderen kaum oder zumindest nicht akzentfrei Rumänisch sprachen. Ein Beamter fragte ihn nach dem Inhalt der Wagen und untersuchte gründlich die Waren. Er wechselte ein paar Worte mit Vlad und wunderte sich über den großen Begleitschutz. Der junge Prinz erzählte ihm, dass sie durch unwirtliche Gegenden gereist seien und deshalb eine Schutzmannschaft notwendig gewesen sei. Schließlich ließ der Beamte die Wagen und seine Begleiter passieren. Nach einer Viertelstunde kamen sie am anderen Flussufer an. Sie waren in der Walachei!

Vlad atmete tief durch. Was für ein Gefühl! Er kniete nieder und küsste die Erde. Seine Ritter umarmten sich gegenseitig vor Freude. Sie hatten die erste große Prüfung überstanden.

Wenige Augenblicke später tauchte ein alter Mann mit einem Bart, langen Haaren und in Lumpen auf, der um ein Stück Brot bat.

„Helft einem alten Mann, denn Gott wird euch auch helfen, den Weg zu Eurer Seele finden", sagte er mit dem verängstigten Blick eines hilflosen Bettlers und blickte dabei in Vlads Augen.

„Du sprichst Gottes Worte, alter Mann", erwiderte Vlad und näherte sich ihm.

„Ich spreche die Wahrheit, mein Herr."

„Wohin führt dein Weg, alter Mann?"

„Nirgendwohin. Ich bin eine verlorene Seele. Aber wenn Ihr mich mitnehmen wollt, werde ich Euch dienen und allen Euren Befehlen folgen."

Bei diesen Worten horchte Vlad auf. Das waren die Schlüsselwörter, die sein Kontaktmann nennen sollte. Er nickte dem Alten zu.

Dann befahl er seinen Männern: „Gebt diesem hungrigen alten Mann etwas zu essen. Er wird uns begleiten."

Sie gaben dem Bettler etwas von ihren Vorräten und er verschlang es gierig und vergaß dabei beinahe, zu kauen. Dabei ließ er Vlad nicht aus den Augen und auch der junge Prinz musterte ihn nachdenklich.

„Steig in die Karre, alter Mann", sagte Vlad schließlich.

„Wer ist dieser Mann? Warum willst du ihn mitnehmen? Er könnte uns in Schwierigkeiten bringen", raunte ihm Altun zu.

„Das wird er nicht. Wir können jetzt weiterreisen."

„Was ist mit unserem Kontaktmann? Solltest du nicht auf ihn warten?"

„Nein, er hat auf uns gewartet."

Altun war einen Moment sprachlos, dann fragte er: „Ist dieser alte Mann etwa der Kontaktmann?"

„Ja. Er kannte die Parole und sprach sie in der richtigen Reihenfolge, nämlich von hinten nach vorn. Und er ließ bestimmte Wörter weg. Hätte er anders gesprochen, wäre er ein Spion. Außerdem hätte Maja sofort gebellt und ihn verjagt, wenn er ein Feind wäre. Sie hat ein besonderes Gespür für Gefahren. Ich bin gespannt, wer sich hinter diesem zerfetzten Gewand und den vielen Haaren in seinem Gesicht versteckt."

„Meinst du, dass er gar kein alter Mann ist?"

„Ich bin sicher, dass er nicht alt ist. Bis wir an unser Ziel kommen, bleibt er aber so, wie er ist."

„Wohin führt Eure Reise?", fragte der alte Mann nun Vlad mit lauter, krächzender Stimme.

„Nach Targoviste."

„Was für ein Zufall. Genau dort habe ich etwas zu erledigen."

„Du kannst von Glück reden, dass du uns getroffen hast."

„Es zeigen sich schwarze Wolken von Norden", warnte der alte Mann.

„Ja, das sehe ich auch", erwiderte Vlad. Er wusste, dass die Warnung des Mannes sich nicht auf das Wetter bezog, sondern auf Spione, die sich eventuell in ihrer Nähe befanden. „Wir müssen weiterreiten, bevor es beginnt, zu regnen. Wichtige Kunden warten auf unsere Waren. Außerdem ist es gefährlich, die Nacht irgendwo im Flachland zu verbringen, wo Räuber und Diebe sich ihre Opfer suchen."

„Eine weise Entscheidung, mein Herr", sagte der Alte und machte es sich in dem Wagen gemütlich. Dann flüsterte er: „Der Weg ist frei, mein Herr. In der vergangenen Nacht wurden die Wege von Dieben und Räubern gesäubert. Nichts darf euch jetzt aufhalten."

Vlad tat so, als hätte er nichts gehört. Dann rief er: „Lasst uns von hier verschwinden", und trieb sein Pferd an.

Sie verließen die Grenze und ritten Richtung Targoviste. Maja lief die ganze Zeit in der Nähe von Vlad und seinem Pferd, sie schaute immer wieder mit einem warmen Blick zu dem alten Mann im Wagen hin. Vlad wusste, dass sie und der Alte zwei Wegweiser, aber auch seine Beschützer waren, deshalb fühlte er sich noch sicherer als bisher.

Abends erreichten sie den Vlasia-Wald. Auf einer Lichtung schlugen sie ihr Lager auf. Vlad teilte jeweils vier Männer für die Wache ein, denn er rechnete jederzeit mit einem Hinterhalt. Am nächsten Tag ritten sie weiter in Richtung Hauptstadt. Nachdem sie den Fluss Dambovita überquert hatten, erblickten sie das Tiefland. Sie machten kurz Rast, um die Pferde zu tränken, etwas zu essen und ein wenig die Glieder zu strecken. Dann saßen sie wieder auf und machten sich auf den Weg hinab nach Targoviste, vorbei an kleinen Ortschaften und herrlichen grünen Feldern.

Nach einer knappen Stunde erreichten sie die Hauptstadt der Walachei. Es war ein schöner Nachmittag und die Stadt war voller Menschen. Die meisten von ihnen machten traurige Gesichter und trugen ärmliche Kleidung.

Vlad erkannte die Umgebung und viele Läden wieder. Als Kind war er oft in Begleitung seines Dieners durch diese Straßen gelaufen, um zu sehen, wie die Menschen lebten. Damals, als sein Vater das Land regierte, hatte er glückliche Gesichter gesehen. Nun wirkten die meisten traurig und bekümmert. Was ihn außerdem beunruhigte, waren die vielen Soldaten, die überall zu sehen waren.

„Seid unbesorgt, mein Herr. Diese Soldaten sind auf unserer Seite. Wir haben dafür gesorgt, dass heute nur Soldaten Dienst tun, die Euch treu ergeben sind", sagte der alte Mann. „Ihre Aufgabe ist es, einzugreifen, falls etwas Unerwartetes geschieht."

„Ich bin erleichtert, das zu hören, und sehr froh darüber, dass so viele Leute auf meiner Seite sind", erwiderte Vlad und nickte dem Alten anerkennend zu.

Dieser wies Vlad unauffällig den Weg. Kurz darauf kamen sie in eine Gasse mit weniger Menschen. Plötzlich näherte sich ihnen ein Mönch auf einem schwarzen Pferd mit einer schwarzen Kapuze über dem Kopf. Er hielt mitten in der Gasse an und fragte: „Wer seid ihr?"

Vlad musterte den großen Mann, dessen Stimme ihm bekannt vorkam.

„Wir sind Kaufleute aus Bukarest und suchen eine Unterkunft für uns und unsere Pferde", erwiderte Vlad.

Der Mönch sah ihn an und lächelte.

„Als ich Euch das letzte Mal gesehen habe, wart Ihr noch ein Kind. Jetzt steht ein Mann vor mir", antwortete der Mönch und nahm seine Kapuze ab.

Vlad überlegte einen Moment, doch dann hellte sein Blick sich auf, als er den Mann erkannte, der vor vielen Jahren seinem Vater gedient hatte.

„Bartold? Bist du es wirklich?"

„Ja, ich bin es. Lasst mich Euch umarmen."

„Weißt du etwas über meine Mutter?"

„Sicher bin ich mir nicht, aber es gibt Gerüchte, dass sie rechtzeitig fliehen konnte und sich jetzt in ihrem Schloss in Transsylvanien befindet."

Vlad atmete erleichtert auf. Es gab Hoffnung, dass seine Mutter am Leben war!

„Wir dürfen jetzt keine Zeit verlieren. Ich muss Euch in Sicherheit bringen. Folgt mir! Es muss so aussehen, als ob ich Waren von Euch für die Kirche kaufe", erklärte Bartold. „Macht euch bereit. Ich bringe euch an einen sicheren Ort, wo wir uns in Ruhe über alles unterhalten können."

Der Mann im Mönchsgewand führte sie in eine andere Gasse mit vielen Menschen. Nach kurzer Zeit kamen sie zu einem großen steinernen Gebäude mit einem großen Eisentor, dem Kloster.

„Wir sind da", verkündete Bartold.

Dann stieg er von seinem Pferd und klopfte kräftig an das riesige Tor. Ein Wächter öffnete und sie ritten im Schritt einer nach dem anderen in den Hof des Klosters, die Wagen in der Mitte. Hinter ihnen schloss sich das Eisentor genauso schnell, wie es sich geöffnet hatte.

Auf dem Hof liefen Soldaten hin und her, die mit ihrer Ausrüstung oder der Pflege ihrer Pferde beschäftigt waren. Vlad und seine Männer saßen ab. Junge Burschen kamen und nahmen ihnen ihre Pferde ab.

Vlad blickte zu Bartold, der nun Kommandant der walachischen Armee war. Er fühlte sich in der Gegenwart dieses Mannes so sicher wie damals, als er noch seinem Vater gedient hatte.

Dann wandte er seine Aufmerksamkeit dem Mann zu, den sie am Donauufer mitgenommen hatten. Er stieg jetzt von dem Wagen und riss seinen Bart und seine zotteligen Haare ab. Darunter kam ein junger Bursche zum Vorschein. Er näherte sich ihnen und blieb neben Bartold stehen.

Dann verbeugte er sich vor Vlad und sagte: „Herzlich willkommen zurück, Eure Majestät!"

Bartold legte ihm eine Hand auf die Schulter und stellte ihn Vlad vor: „Das ist mein Sohn Lucan. Er wird in Euren Diensten bleiben, Vlad. Er ist jung, aber erfahren."

„Du hast deine Arbeit hervorragend gemacht, Lucan. Danke, dass du uns ohne Schwierigkeiten hergebracht hast. Ich bin froh, dich weiter in meiner Nähe zu haben."

Vlad nickte dem jungen Mann anerkennend zu.

Bartold lächelte fröhlich und sagte: „Ich habe lange auf diesen Augenblick gewartet. Das Land braucht Euch, Vlad. Wir alle brauchen Euch. Euer Platz ist hier auf dem Thron der Walachei, als rechtmäßiger Nachfolger Eures Vaters. Hier ist nichts mehr wie es einmal war, als Euer Vater das Land regierte. Seitdem Vladislav im Land herrscht, ist unser Volk immer mehr verarmt. Männer werden gefoltert und zu schweren Arbeiten gezwungen, Frauen und Kinder werden missbraucht. Unsere Nahrung bringt er nach Transsylvanien, zu Panait. Vor drei Tagen ist er zu ihm gereist, um dort weitere Anweisungen für seine Herrschaft zu bekommen. Einige Bojaren, die sich uns nicht anschließen wollten, sind nach Transsylvanien geflüchtet, alle anderen sowie die ganze Armee, die ich jetzt führe und unter Kontrolle habe, sind auf Eurer Seite. Es wird keinen Kampf geben. Alle werden sich Euch unterordnen."

„Wann kommt Vladislav zurück?"

„Morgen zur Mittagszeit."

„Dann wird er die größte Überraschung seines Lebens erleben", sagte Vlad.

„Was habt Ihr vor?"

„Vladislav wird keinen Fuß mehr in das Schloss meines Vaters setzen. Falls er etwas mit dem grausamen Tod meines Vaters und meines Bruders zu tun hat, wird er nicht mit einem einfachen Tod davonkommen. Ich werde dafür sorgen, dass er die Strafe erhält, die er verdient, und das gleich morgen."

„Eine gute Entscheidung, Vlad. Die Art, wie Ihr ihn beseitigen wollt, bleibt Euch überlassen. Ich hörte, dass es dem Sultan nicht gut geht. Er unterstützt Euch nicht nur darin, die Walachei zurückzuerobern, weil er an frühere gute politische Beziehungen anknüpfen möchte, sondern auch wegen Eurer besonderen Fähigkeiten als Kämpfer und Führer. Er hofft um ähnliche Verhältnisse zwischen Euch und seinem Sohn Mehmed, wenn er nicht mehr am Leben ist."

„Ich bin dem Sultan dankbar für alles, was er für mich und Radu getan hat. Wenn es sein Wunsch ist, die politischen Verhältnisse zwischen der Walachei und dem Osmanischen Reich so zu gestalten wie in der Zeit meines Vaters, dann werde ich ihm diesen Wunsch erfühlen. Aber ich bezweifle, dass Mehmed das Gleiche will. Er ist ein begabter und intelligenter Mensch und auch ein sehr guter Kämpfer, doch er hat einen ganz anderen Charakter als sein Vater. Er ist kühl und neidisch. Seit Radu und ich vom Sultan im Palast aufgenommen wurden, kann er uns nicht leiden. Er war mit der Entscheidung seines Vaters nicht einverstanden. Sein Blick ist kalt und voller Hass. Ich bete, dass der Sultan noch viele Jahre lebt. Ich kann dir jetzt schon sagen: Nach seinem Tod werden andere Zeiten kommen und diese werden für die Walachei und für die anderen Völker nicht gut sein."

Bartold nickte zustimmend. Dann sagte er: „Ihr und Eure Männer müsst Euch von der langen Reise ausruhen, aber nicht bevor Ihr zu Abend gegessen habt. Folgt mir!"

Der Walache brachte Vlad und seine Truppe in einen großen Speisesaal, wo ein köstliches und üppiges Abendessen aufgetischt worden war. Sie aßen gebratenen Fasan, tranken vom besten Wein und unterhielten sich noch kurz über die Lage, bevor sie sich in die

Schlafräume begaben. Vlads Gedanken kreisten noch eine ganze Weile um die schwierige Aufgabe, die ihn am nächsten Tag erwartete. Erst nach über einer Stunde schlief er ein. Als er erwachte, stand Maja neben seinem Bett und übermittelte ihm mit ihren warmen Augen ein Gefühl der Sicherheit.

Er drückte sie an seine Brust und küsste sie auf die Stirn, dann sagte er: „Der große Tag ist gekommen. Heute werde ich der Walachei ihre Freiheit zurückgeben."

Als er die Türklinke berührte, knurrte Maja kurz und bestimmt. Aus den Augenwinkeln erkannte Vlad den Umriss einer großen schwarzen Kreatur, die scheinbar wie aus dem Nichts erschienen war. Wie konnte das sein? Die rötlichen Augen durchdrangen Vlad wie ein Dolch und weiße spitze Zähne kamen zum Vorschein. Die Kreatur näherte sich dem jungen Mann und blieb bedrohlich nah vor ihm stehen.

„Wer bist du?", fragte Vlad mit fester Stimme. Er konnte sich die Erscheinung nicht erklären, dennoch blieb er ruhig und verspürte keine Angst.

„Man nennt mich Igor. Vielleicht hast du schon von mir gehört: Ich bin ein Vampir." Bei dem letzten Wort blieb Vlad die Luft weg. Er wich einen Schritt zurück. Igor fuhr fort: „Hab keine Angst, ich werde dir nichts tun. Ich ernähre mich meist von tierischem Blut. Ab und an auch von menschlichem, aber nicht heute – nicht von deinem."

Der Prinz spürte, wie das Blut in seinen Schläfen pochte, doch er ließ sich nichts anmerken. Mit leichter Stimme antwortete er: „Als Kind habe ich von dir gehört. Man sagt, du wohnst oben in den Bergen. Was willst du von mir?"

„Ich will dir helfen."

„Ich brauche deine Hilfe nicht", entgegnete Vlad und wandte sich ab.

„Du wirst Kriegern gegenüberstehen, Vlad, die viel stärker sind als du", erwiderte Igor.

Als er seinen Namen nannte, blieb der Prinz wie angewurzelt stehen. Igor hatte nun seine ganze Aufmerksamkeit. Er nutzte diesen Moment und fuhr fort: „In diesen Gegnern herrscht ein mächtiger Dämon.

Es sind keine normalen Sterblichen. Du wirst sie allein mit deiner Menschenkraft nicht besiegen können. Ich allerdings kann dir die Kraft geben, um sie zu überwältigen."

„Was muss ich dafür tun?", fragte Vlad, als sei er sich der Antwort bereits bewusst.

„Diese Kräfte erreichst du nur, wenn du von meinem Blut trinkst", erklärte der Vampir ausdruckslos.

„Du willst einen Vampir aus mir machen?", fragte Vlad überrascht und ging auf Igor zu.

„Sollte es mir gelingen, ja. Wenn du einmal von meinem Blut getrunken hast, wirst du große Kräfte erlangen. Dein Körper wird dann genauso stark sein wie meiner. Du wirst jeden Feind mühelos besiegen", erklärte Igor mit einer fast schon bedrohlichen Ruhe. „Zunächst bleibst du weiterhin ein Sterblicher. Aber ich warne dich, dein Durst nach Macht wird größer und dein Verlangen nach meinem Blut wird, nachdem du einmal davon probiert hast, nicht leicht zu unterbinden sein. Wenn du zum zweiten Mal meine Hilfe suchst und nochmals von meinem Blut trinkst, dann wirst du zu einem Vampir werden und in ewiger Finsternis leben. Überleg es dir also gut. Willst du meine Hilfe oder nicht?" Igors Stimme war fordernd, als ob er ohnehin kein Nein akzeptieren würde.

Vlads Blick schweifte zu Maja. Die Hündin schaute ihm fest in die Augen und neigte nach einigen Momenten langsam ihren Kopf nach unten. Der Prinz hielt kurz inne und sammelte seine Gedanken.

Dann rief er aus: „Ich tue es."

„Eine weise Entscheidung", freute sich Igor und presste seine Fingerspitzen so stark zusammen, bis Blut über Vlads ausgestreckte Handfläche floss. Der Prinz spürte, wie sich das kalte Blut in seiner Hand sammelte. Ein Schauder lief ihm über den Rücken.

„Nun trink!", forderte Igor.

Ohne zu zögern, trank Vlad das Vampirblut. Es glitt seine Kehle entlang wie Honig und eine wohlige Wärme erfüllte seinen gesamten Rumpf.

Der Vampir wachte über das Geschehen mit leuchtenden Augen.

Dann flüsterte er: „Es gibt jedoch eine Bedingung." Bei diesen Worten zog sich Vlads Magen ruckartig zusammen und die Realität brach über ihn herein.

„Jetzt, nachdem ich von deinem Blut getrunken habe, willst du mir noch weitere Bedingungen nennen?", empörte sich Vlad. Er merkte, wie ihm übel wurde.

„Die Kräfte, die du erhalten hast, kannst du nur ein einziges Mal einsetzen. Dazu musst du lediglich an mich denken und du wirst von den großen Kräften Gebrauch machen können. Wähle also gut, wann du sie einsetzen möchtest. Willst du diese Kräfte abermals gebrauchen, so musst du ein weiteres Mal von meinem Blut trinken. Ich werde bei dir sein, wann immer du dies wünschst." Mit diesen Worten verschwand der Vampir.

Draußen im Hof waren derweil die letzten Vorbereitungen im Gange. Nachdem Vlad und seine Männer sich zum letzten Mal gestärkt hatten, ritten sie in den Wald. Dort versteckten sie sich zwischen den Bäumen und warteten auf ihren Feind. Keine fünf Minuten waren vergangen, da hörten sie bereits Hufgetrappel in der Ferne.

Vladislav streckte sich auf seinem Pferd. Er war sichtlich müde und konnte es kaum erwarten, heimzukehren. Ein kleines Stück Wald trennte ihn und seine Soldaten noch vom Schloss.

Der Anführer seiner Truppe war ein großer, breiter Mann namens Cornelius. Er trug einen robusten Schild, auf dem eine Schlange zu erkennen war. Sein durchdringender und prüfender Blick wanderte über das Waldstück, in dem sich Vlad und seine Männer versteckt hielten. Er musterte jeden einzelnen Baum. Ein schläfriges Schweigen umgab Cornelius und seine Kameraden, als plötzlich, wie aus dem Nichts, Vlad und seine Truppe mit erhobenen Schwertern auftauchten.

Cornelius zog blitzartig sein Schwert und befahl: „Bereit für die Verteidigung, Männer!"

Seine Soldaten zogen synchron mit einem geübten Griff ihre Säbel und machten sich kampfbereit.

„Angriff!", rief Vlad seinen Kameraden zu.

Erci und Hasan führten mutig und furchtlos ihre Truppe zum Angriff gegen Vladislavs Soldaten an und umzingelten sie schnell von allen Seiten.

Altun blieb in Vlads Nähe und Cornelius wich nicht von der Seite seines Königs. Vlad verfolgte nur ein Ziel: Vladislav zu stürzen. Doch zuerst musste er an Cornelius vorbei.

Er ritt mit gezogenem Schwert auf den Anführer zu, man hörte, wie seine scharfe Klinge im schnellen Ritt durch die Luft sauste. Mit voller Kraft schlug Vlad auf den Säbel seines Gegners. Überrascht bemerkte er, dass dies Cornelius scheinbar nichts ausmachte. Der Soldat blieb unverletzt auf seinem Pferd sitzen und warf ihm ein arrogantes Lächeln zu. Dann holte er Schwung und stürzte Vlad mühelos vom Pferd. Dieser hatte große Mühe, dabei nicht sein Schwert loszulassen. Panik überkam ihn. Damit hatte er nicht gerechnet.

Altun schlug gerade einen Gegner zu Boden, als er sah, wie ein Soldat Vladislavs sich Vlad mit erhobenem Schwert von hinten näherte. Im gleichen Moment, in dem Altun sein Schwert auf den Soldaten richten wollte, stürzte sich Maja aus der Dunkelheit auf den Mann, packte ihn mit ihren scharfen Zähnen und drückte ihn zu Boden, sodass er sich nicht mehr bewegen konnte.

Vlad richtete sich mutig wieder auf, atmete tief durch, griff sein Schwert mit beiden Händen und dachte fest an Igor und seine Worte. Es fühlte sich an, als würde die Zeit stillstehen. Er spürte, wie sein Blut bis in die Fingerspitzen pulsierte, und mit jedem Herzschlag fühlte er mehr Kraft durch seine Adern fließen.

Er erhob erneut sein Schwert, das sich nun federleicht anfühlte, richtete es in Cornelius' Richtung und stürzte ihn mit einem gekonnten Schwung vom Pferd. Verdutzt richtete dieser sich sofort wieder auf und richtete sein Schwert wütend auf Vlad.

„Zeig mir, was du kannst!", forderte der junge Mann ihn heraus und schenkte ihm das gleiche arrogante Lächeln, das er kurz zuvor erhalten hatte. Dann holte er mit seinem Schwert weit aus und schlug Cornelius vor den Augen seiner Soldaten die Füße ab. Cornelius fiel brüllend zu

Boden und blieb auf dem Rücken liegen. Mit einem wutentbrannten Schrei trieb Vlad sein Schwert in die Brust seines Gegners.

Während er schwer atmete, konnte man ihn flüstern hören: „Du bist doch nur ein Sterblicher, wie konntest du mich besiegen?"

Vlad stand mit breiten Beinen vor ihm und erwiderte: „Das bleibt mein Geheimnis. Ich habe aber bei deinem Schlag sofort gespürt, dass in dir kein Sterblicher steckt – sondern ein Dämon."

„Alle Achtung", keuchte Cornelius und schloss die Augen. Unter ihm bildete sich eine große schwarze Blutlache. Von seinem Körper gingen plötzlich Feuerbälle aus und innerhalb kürzester Zeit war von ihm nicht mehr übrig als ein schwarzer Fleck auf dem Boden und ein Haufen Asche.

Die Soldaten starrten regungslos auf die Stelle. Vladislavs Männer wussten, dass ihr Widerstand jetzt sinnlos war. Sie warfen ihre Waffen nieder und ergaben sich.

Vladislav starrte Vlad an, als habe er ein Gespenst gesehen. Hastig wischte er sich den Schweiß von der Stirn. Der Prinz ritt zu ihm und setzte ihm die Spitze seines Säbels an den Hals.

„Wer bist du?", fragte Vladislav kaum hörbar.

„Vor dir steht der wahre König dieses Landes."

„Was? Du kannst nicht Dracul sein. Er ist seit zwei Jahren tot."

„Da hast du recht. Dein Verbündeter, Panait, hat ihn umgebracht und dich auf den Thron gesetzt. Mein Name ist Vlad und ich bin der Sohn des ermordeten Königs Vlad Dracul und sein rechtmäßiger Erbe."

„Das ist nicht wahr! Seine beiden Söhne sind in einem osmanischen Gefängnis gestorben."

„Was du nicht sagst! Dann weißt du sicher auch, auf wessen Befehl sie ins Gefängnis gesperrt wurden. Rede, du Missgeburt!"

Vladislav schwieg. Vlad drückte seinen Säbel etwas fester auf die Kehle des falschen Herrschers.

„Musste mein Vater sterben, damit du den Thron besteigen kannst?"

„Ich wusste von Panaits Attentat nichts. Das Angebot, das Land zu regieren, bekam ich, nachdem Dracul umgebracht worden war."

„Unter der Bedingung, dass du hohe Steuern vom Volk forderst.

Mit dem vielen Geld hat sich Panait ein Schloss gebaut. Er lebt in Reichtum und Wohlstand, während mein Volk hungert und zu schweren Arbeiten gezwungen wird. – Nehmt diesen Verräter fest!", befahl Vlad seinen Leuten. Dann blickte er zu den Panaits Soldaten, die erschrocken alles beobachteten und auf ihr Urteil warteten.

„Ihr seid frei. Geht nach Hause zu euren Familien", sagte Vlad. „Doch wehe, ihr kommt hierher zurück, dann werde ich keine Gnade mehr walten lassen."

Sie verbeugten sich tief vor ihm und eilten so rasch davon, wie es ihre schweren Rüstungen zuließen. Vlads Ritter fesselten in der Zwischenzeit Vladislav die Hände.

„Was hast du jetzt mit mir vor?", fragte er Vlad.

„Dich leiden zu lassen, du Verräter!"

„Meine Soldaten werden dich töten", schrie Vladislav aufgebracht.

„Du hast keine Soldaten mehr, denn diese Soldaten haben sich mir unterstellt. Sie warten alle auf mich, ihren wahren König. Sie wollen eine freie Walachei ohne Betrüger und Mörder."

Vlad sah Altun an und sagte: „Bindet ihn auf ein Pferd!"

Seine Männer taten dies und dann traten sie den Rückweg in die Stadt an. Als sie zum Schloss kamen, liefen ihnen die Wachen entgegen. Vlad bedeutete seinen Männern, anzuhalten. Die Wachen verbeugten sich tief vor ihrem König und ihr Kommandant begrüßte Vlad: „Majestät! Willkommen zurück. Ihr werdet im Thronsaal erwartet. Wir werden uns um den Gefangenen kümmern und ihn in eine Zelle sperren."

Vlad und seine Truppe stiegen von den Pferden, um die sich sofort die Soldaten kümmerten. Mit Maja an seiner rechten Seite und seinen Männern hinter ihm betrat der neue Herrscher der Walachei souverän das Schloss, in dem er vor einigen Jahren seinen Vater und seinen Bruder Mircea zuletzt gesehen hatte. Eine Mischung aus Freude und Traurigkeit erfüllte sein Gesicht. Der Kommandant der walachischen Armee wartete dort schon auf ihn.

Im Thronsaal summten die Stimmen der Bojaren. In ihren Goldbrokatmänteln mit den langen, weiten Ärmeln warteten sie aufgeregt auf den Moment, in dem ihr neuer König erschien. Sie wollten wissen, wie er aussah, und noch wichtiger, wie klug er war und wie viel Potenzial er hatte.

In einem langen schwarzen Mantel mit schwarzen Stiefeln, die ihm bis zu Knien reichten, einer schwarzen, engen Hose und einem weißen Hemd schritt Vlad in Begleitung seiner treuen Freunde und Kameraden durch die Flure des Schlosses zum Thronsaal. Als er diesen mit Maja an seiner Seite betrat, waren die Blicke aller Anwesenden auf ihn gerichtet.

Mit einem Rascheln von Stoff erhoben sich alle Anwesenden und verbeugten sich tief vor ihrem König. Vlad schritt weiter und setzte sich auf den Thron. Maja legte sich neben ihm nieder und seine Truppe stellte sich zu beiden Seiten des Thrones auf.

Für einen Augenblick blieb Vlad mit geschlossenen Augen sitzen und sagte nichts. Dann drückte er die Armlehnen des Throns fest mit seinen starken Händen, sprang auf und richtete seinen Blick nach oben. Er riss seine Hände in die Höhe und schrie, so laut er konnte: „Vater! Ich bin hier!"

Seine Stimme war bis zu den Enden des großen Saals zu hören. Er fühlte in diesem Moment eine große Erleichterung in seinem Herz, Kraft und Zuversicht. Seine Lippen bebten vor Freude und seine strengen Augen füllten sich mit Tränen. Die Menschen im Saal atmeten erleichtert auf. Vlad hatte ihre Erwartungen bisher erfüllt. Vor ihnen stand ein großer, kräftiger Mann mit einem strengen Blick und einer souveränen Haltung.

Im Thronsaal war alles für seine Krönung bereit. Die Priester erhoben sich von ihren Plätzen, traten vor den Thron und verbeugten sie sich vor Vlad. Dann stand dieser auf und kniete nieder. Der Bischof nahm die Krone vom Kissen und stieg zum Thron hinauf.

„Als rechtmäßiger Nachfolger unseres verstorbenen Königs Vlad des Zweiten Dracul übergebe ich Euch jetzt und hier die Krone der Walachei und nenne Euch nach Eurem Vater: Vlad der Dritte Dracul", sagte der Priester. Er setzte ihm die königliche Krone auf und die Bojaren verneigten sich ehrfürchtig vor ihrem neuen König.

Kapitel 5

Vlad richtete sich auf und ließ sich auf den Thron fallen. Dann sah er seine Kameraden an, und nickte ihnen zu, er war dankbar für ihre große Unterstützung. Endlich war er an seinem Ziel angekommen. Er blickte im Saal zu den Bojaren, die einst mächtig gewesen waren und unter Vladislav ihre Autorität verloren hatten. Vlad sah die Hoffnung in ihren Augen. Sie glaubten, dass sie gemeinsam die Walachei wieder nach vorn bringen konnten. Er ahnte, dass sie in diesem Moment auf seine Rede warteten, denn aller Augen waren auf ihn gerichtet.

Der frisch gekrönte Herrscher stand auf und begann: „Was ich in der Walachei an dem einen Tag gesehen habe, den ich nun hier bin, hat mir fast das Herz gebrochen: Armut, Traurigkeit und Unsicherheit. Deshalb ist es mir wichtig, euch dieses zu sagen: Ich werde das Land von Dieben, Räubern, Mördern und Betrügern säubern und ich werde keine Untreue tolerieren. Ich brauche Euch auf meiner Seite, aber nur wenn Ihr bereit seid, alle meine Befehle zu befolgen. Falls einer von Euch das nicht möchte, steht es ihm frei, das Land zu verlassen. Ich versichere ihm freies Geleit. Aber ich warne Euch! Wer mir Treue schwört und sein Versprechen nicht hält und meine Befehle missachtet, der wird dies mit seinem Leben bezahlen. Ihr müsst Euch heute entscheiden: Wollt Ihr das Land verlassen oder wollt Ihr bleiben? Dann müsst Ihr Euch mir unterwerfen. Seid Ihr bereit, mir Ehrlichkeit, Gerechtigkeit und Treue zu schwören? Wenn ja, dann will ich dies von Euch hören!"

In diesem Moment standen alle Bojaren auf und sagten mit lauter Stimme: „Wir schwören es!"

Ihr neuer Herrscher hatte sie mit seiner Souveränität beeindruckt und die Bojaren waren trotz seiner Jugend mit ihm zufrieden. Sie sahen den starken König, der in ihm steckte, und waren froh, endlich der Unterdrückung Vladislavs zu entkommen.

Vlad ließ seinen Blick durch den Saal schweifen und versprach: „Ihr setzt viel Vertrauen in Euren König und ich werde Euch nicht enttäuschen."

Draußen vor dem Schloss hatten sich inzwischen viele Menschen versammelt. Alle wollten ihren König sehen. Ihre Blicke waren auf den Balkon gerichtet und sie riefen im Chor: „Vlad! Vlad! Hoch lebe unser König, Vlad!"

Der junge Herrscher ließ die Menschen nicht länger warten. Er trat auf den Balkon hinaus und zeigte sich ihnen. In diesem Moment fing die Menge an, noch lauter zu jubeln: „Vlad! Vlad!"

Vlad hob seine Hand, um die Menschen zum Schweigen zu bringen, dann sagte er: „Auf diesen Augenblick habe ich zwei Jahre lang gewartet. Mein Herz füllt sich mit Freude, wenn ich euch so glücklich sehe. Ich werde aus der Walachei das machen, was sie in der Zeit meines Vaters war. Ich werde die Emporkömmlinge bestrafen und euch ein gutes und sicheres Leben ermöglichen. Das verspreche ich!"

Mit seiner Rede hatte Vlad sofort das Herz seines Volkes gewonnen. Die Menge brach in Jubel aus und rief wieder und wieder: „Vlad! Vlad! Hoch lebe unser König Vlad!"

Am nächsten Morgen wachte er ausgeruht und voller Energie auf. Seine Freunde Erci, Hasan und Altun warteten schon auf neue Anweisungen. Sie mussten sich jedoch noch etwas gedulden, denn Vlad hatte zunächst etwas Wichtiges zu erledigen. Er ging in das Untergeschoss des Schlosses, dorthin, wo sein Vater ihm vor Jahren ein Geheimnis anvertraut hatte. Bald kam er in einen wenig beleuchteten Gang, von dem mehrere Räume abgingen. Er zählte seine Schritte, wie sein Vater es ihn gelehrt hatte, und blieb nach dem fünfzehnten Schritt stehen. Dann drehte er sich nach links und betrachtete die Tür in der Mauer vor ihm.

Mit fester Stimme sagte er: „Vlad, Vlad, Mircea, Radu", und wartete.

Kurz darauf bewegte sich ein Stein in der Mauer zur Seite. Vlad steckte seine Hand in die Lücke und machte mit den Fingern in die Luft das Zeichen, das ihm sein Vater gezeigt hatte. Die Tür knirschte leicht, als sie sich öffnete. Vlad trat ein und machte wieder fünfzehn Schritte, bis in die Mitte des Raumes. Dort blieb er stehen und sagte: „Ich bin es, Vlad, der Sohn Vlads des Zweiten Dracul. Ich trage jetzt den Namen meines Vaters, Dracul, und ich heiße Vlad der Dritte Dracul."

Vor ihm öffnete sich plötzlich der Boden und eine große Truhe aus Marmor kam darunter hervor, die sich langsam nach oben bewegte. Vlad öffnete sie. Sie war bis zum Rand gefüllt mit Goldmünzen, die sein Vater einst von Kaiser Sigismund von Luxemburg für seine Verdienste als Mitglied des Drachenordens bei der Verteidigung Europas bekommen hatte. Doch das war nicht der Grund, weshalb er hier war. Er suchte die Truhe mit seinen Augen ab, bis er entdeckt hatte, was er wollte: das goldene Medaillon, das einen Drachen zeigte und das sein Vater nach seiner Rückkehr aus dem Drachenorden als Erinnerung immer um den Hals getragen hatte. Am Tag seiner Ermordung hatte ihm Panait das Medaillon vom Hals reißen wollen, doch eine magische Kraft hatte das Medaillon hoch in die Luft gehoben und fortgetragen. Vlad wusste nicht, wie es in die Truhe gelangt war, aber das war unwichtig. Wichtig war nur, dass es hier war, wo es sein sollte.

„Berühre es, Vlad!", hörte er plötzlich die Stimme seines Vaters. „Es wird dir Weisheit und Kraft gegen deine Feinde geben."

Vlad folgte der Stimme, nahm das Medaillon und schaute es an. Plötzlich wurde er von glänzenden Strahlen, die sich aus dem Truhe lösten, umkreist und dreimal in die Höhe gehoben und wieder abgesetzt. Als sich die Strahlen zurückzogen, fühlte er sich noch selbstbewusster und noch furchtloser als zuvor. Das Medaillon verschwand in der Truhe und bewegte sich nicht mehr. Vlad füllte seinen Beutel mit Goldmünzen, dann legte er den Deckel zurück auf die Truhe. Diese bewegte sich langsam nach unten und der Boden schloss sich über ihr. Als Vlad den Raum verließ, fiel die Tür von allein mit einem leisen Klicken ins Schloss.

Der junge König ging in sein Arbeitszimmer, um zu planen, was er als Nächstes tun würde. Sein erstes Ziel stand schon jetzt fest: Er wollte sich so schnell wie möglich an den Mördern seines Vaters und seines Bruders Mircea rächen.

Am nächsten Tag machte er sich in Begleitung von Erci, Hasan, Altun und zwei seiner Soldaten auf den Weg nach Transsylvanien. Sie ritten in Richtung Tramsa, wo sich sein großer Feind Panait ein Schloss aus walachischen Steuern erbaut hatte. Es war eine dunkle, regnerische und windige Nacht, als Vlad und seine Kameraden das Domizil Panaits erreichten. Alles schlief und das Schloss wirkte wie ausgestorben. Der Wind schlug mit voller Kraft von allen Seiten gegen die Steine und kein Mensch war draußen zu sehen. Sie banden ihre Pferde in einer geringen Entfernung fest. Die zwei Soldaten untersuchten die Umgebung sorgfältig, es war tatsächlich niemand hier draußen, aber im Hof des Schlosses gab es mehrere Wachen. Nachdem sie Vlad darüber informiert hatten, befahl ihnen dieser, draußen zu bleiben und ihnen den Rücken freizuhalten.

Vlad und seine Ritter waren komplett in Schwarz gekleidet und daher im Dunkeln fast unsichtbar. Gemeinsam kletterten sie über die Mauern in den Hof des Schlosses und warteten dort in einem versteckten Winkel bis kurz nach Mitternacht. In dieser Zeit beobachteten sie die Wachen, um herauszufinden, wie oft sie ihren Rundgang machten. Dann teilten sich auf. Hasan und Erci blieben im Hof, um die Wachen im Auge zu behalten, die müde und gelangweilt aussahen.

„Wir halten hier die Stellung! Seid bitte vorsichtig", sagten sie.

Vlad und Altun traten in den Flur und suchten nach Hinweisen, wo sich das Schlafzimmer Panaits befand. Vor einer Tür standen zwei völlig übermüdete Wachleute mit geschlossenen Augen. Das musste das Zimmer sein! Gerade gähnte der Wachmann. Vlad nickte Altun zu und jeder übernahm einen der beiden Männer. Sie nahmen jeder geräuschlos einen Stuhl, der auf dem Gang stand, dann schlugen sie diese ihren Opfern auf den Kopf, sodass sie ohnmächtig zu Boden fielen. Der Weg war nun frei. Altun blieb im Gang stehen, um Wache zu halten, wie sie es vorher abgemacht hatten. Vlad nahm eine Öllampe, die dazu diente, den Flur zu erhellen, schob leise die Tür auf und trat ins Zimmer. Unter der Bettdecke waren die Konturen eines großen, kräftigen Mannes zu erkennen, der heftig schnarchte.

Vlad spürte Wut und einen unendlichen Hass in seinem Herzen. Rasch zog er sein Schwert aus der Scheide und drückte es an Panaits Kehle.

Als dieser die scharfe Klinge spürte, öffnete er die Augen und sah erschrocken in das wütende Gesicht seines Angreifers.

„Steh auf!", befahl ihm Vlad. „Und ruf ja nicht um Hilfe, sonst bist du auf der Stelle tot."

„Wer bist du? Was hast du mit mir vor?", stammelte Panait, während er sich mühsam aufrichtete.

„Ich bin Vlad Dracul, der König der Walachei."

„Vlad Dracul?", fragte Panait. „Vlad Dracul ist tot. Was willst du? Geld? Gold? Sag, was du willst, und du wirst es bekommen."

„Ich will meinen Vater, Vlad den Zweiten, und meinen Bruder Mircea zurückhaben!"

„Vlad Dracul ist nicht mehr am Leben."

„Weil du ihn umgebracht hast! Du hast sie beide umgebracht, du Scheusal!", schrie Vlad und drückte die Spitze seines Säbels etwas fester gegen den Hals des Bojaren.

„Wer bist du?", ächzte Panait mühsam.

„Das habe ich dir schon gesagt. Ich bin Vlad, der Sohn Vlads des Zweiten Dracul. Nach mehreren Jahren als Geißel im Osmanischen Reich bin ich in die Walachei zurückgekehrt und habe meinen Platz als rechtmäßiger König eingenommen. Nun heiße ich wie mein Vater Vlad Dracul. Deinen Freund Vladislav habe ich festgenommen und eingesperrt. Er hat all eure schmutzigen Abmachungen gestanden."

Panait riss vor Entsetzen seine Augen auf. Er krächzte: „Wie … wie … wie … ist … das mög…lich?" Vlad nahm den Säbel etwas zurück, damit sein Gegner besser sprechen konnte. Er wollte sich an seinem Erstaunen weiden.

Panait stammelte: „Du solltest im Gefängnis schmoren, gemeinsam mit deinem Bruder Radu. Wie hast du es geschafft, in die Walachei zu kommen und den Thron einzunehmen? Du bist doch noch so jung!"

Vlad nahm seinen großen schwarzen Hut ab und öffnete den Kragen seines langen Mantels, ohne den Säbel von Panaits Kehle zu nehmen. Dann hob er die Lampe hoch, damit sein Gegner sein Gesicht sehen konnte. In Panaits Miene wechselten sich Erstaunen und Entsetzen ab, als er den großen, kräftigen Mann mit dem stechenden Blick nun genauer betrachtete. Vlad sah ihm tief in die Augen und knirschte mit den Zähnen, als er sagte: „Ich habe jeden Tag auf diesen Augenblick gewartet. Du hast mit deinem Säbel meinen Vater ermordet und meinen Bruder Mircea lebendig begraben. Hast du etwa geglaubt, dass du und dein Freund Vladislav damit davonkommt? Ich habe bei Gott geschworen, dich eines Tages dafür zu bestrafen. Und dieser Tag ist jetzt gekommen."

„Wenn du mich umbringst, wirst du nicht lebend hier herauskommen. Mein Schloss ist gut bewacht und meine Wachen werden dich sofort festnehmen."

„Ich werde dich nicht hier töten. Das wäre nicht annähernd ausreichend für das, was du meinem Vater und meinem Bruder angetan hast. Glaubst du etwa, dass ich dir einen leichten Tod schenken werde? Ich werde dich langsam sterben lassen. Du wirst leiden, du Mörder!"

Panait hatte sich wieder gefasst, nachdem Vlad ihm gesagt hatte, dass er ihn nicht sofort töten würde. Mit einem spöttischen Lächeln erwiderte er: „Sehr mutig. Jung und mutig. Das sind nur Worte, leere Worte. Alle Achtung, dass du es geschafft hast, in mein Schloss einzudringen. Leider wirst du nicht so leicht wieder herauskommen."

In diesem Moment wandte sich Panait zur Seite, schneller als Vlad es dem Mann im Nachthemd zugetraut hätte, sprang zu einem Stuhl, auf dem sein Säbel lag, ergriff ihn und richtete ihn auf Vlad.

„Ich fürchte dich nicht!", sagte er lächelnd. „Ich hätte ahnen sollen, dass du irgendwann kommen wirst. Ich habe sogar von dir geträumt. Jetzt wirst du das gleiche Schicksal wie dein Vater erleiden."

Vlads Herz war von einem unendlichen Hass erfüllt. Er zischte Panait wütend an: „Wenn du die Spitze meines Säbels gefühlt hast, dann wirst du nicht mehr so stolz daherreden. Ich werde dich spüren lassen, was es bedeutet, auf der falschen Seite zu stehen!"

Der junge Walache machte einen Schritt nach vorne, holt mit seinem Säbel aus und schlug Panait damit innerhalb eines Augenblicks seine Waffe aus der Hand. Dann packte er seinen Gegner kräftig an der Brust und drückte ihn mit aller Kraft gegen die Wand, sodass er fast keine Luft mehr bekam.

„Wache!", rief Panait voller Angst, aber niemand kam ihm zu Hilfe.

Vlad ließ ihn los und sein Gegner stürzte zu Boden.

„Was ist? Hast du deinen Mut so schnell verloren? Steh auf, du Mörder!", brüllte Vlad. „Warum hast du meinen Vater und meinen Bruder umgebracht? Und was hast du mit meinem Volk gemacht? Du Niederträchtiger! Wo ist meine Mutter? Hast du sie auch ermordet und irgendwo in ein Loch geworfen?"

Panait lächelte spöttisch: „Das hätte ich gern gemacht, aber sie ist mir leider entkommen."

Vlad atmete erleichtert auf. In diesem Moment öffnete Altun die Tür, um zu sehen, ob alles in Ordnung war. Panait nutzte die Chance und rannte zur Tür, doch Altun legte seine Hände um den Hals des Bojaren und drückte so fest zu, dass er kaum noch Luft bekam. Dann ließ er ihn los, bevor er bewusstlos wurde.

„Was ist? Wo ist deinen Mut geblieben?", fragte Vlad.

„Worauf wartest du noch? Töte mich!", krächzte Panait und wankte auf Vlad zu. „Stecke deinen Säbel in meine Brust!"

„So einen schnellen Tod hast du nicht verdient, das sagte ich bereits. Du musst dich noch ein wenig gedulden", entgegnete der König der Walachen spöttisch.

Dann sah er Altun an und befahl: „Bring ihn zum Schweigen. Es ist so weit."

Altun packte den sich windenden Mann und drückte ihn zu Boden. Dann knebelte er ihn, fesselte seine Hände und zog ihn aus dem Zimmer, vor dem die beiden Wachen lagen. Altun hatte sie in der Zwischenzeit ebenfalls geknebelt und so fest verschnürt, dass sie sich nicht rühren konnten. Nun zog er die Wachen in Panaits Zimmer und verschloss die Tür.

Eilig verließen die beiden Eindringlinge mit ihrem Opfer das Schloss. Draußen warteten Erci und Hasan auf sie. Sie atmeten erleichtert auf, als sie die drei erblickten.

„Ich hab das Schwein", sagte Vlad. „Nehmt ihn!"

„Wir müssen uns beeilen", mahnte Altun. „Bald wird jemand bemerken, dass die Wachen vor Panaits Tür verschwunden sind und er nicht mehr da ist."

Erci flüsterte: „Da hinten ist ein kleines Tor, das können wir benutzen."

Sie eilten aus dem Schlosspark. Draußen warteten die Soldaten mit den Pferden auf sie. Vlad und Altun packten Panait auf Rücken eines Pferdes, dann stiegen sie alle auf und verschwanden in der Dunkelheit.

Kurz darauf schlug jemand im Schloss Alarm. Die beiden Wachen wurden befreit und erzählten, was passiert war.

„Die Täter können nicht weit sein. Findet sie!", befahl der Kommandant seinen Soldaten.

Alle Soldaten und die gesamte Dienerschaft suchten eilig das Schloss ab, aber von Panait gab es keine Spur. Schließlich war ihnen klar, dass die Entführer entkommen waren.

„Auf die Pferde! Öffnet die Tore!", schrie der Kommandant. „Wir müssen sie einholen!"

Im Dunkeln konnten sie jedoch den Spuren der Entführer kaum folgen, während diese rasch davongaloppierten.

Nach etwa einer halben Stunde hielten Vlad und seine Männer auf einer kleinen Wiese in die Nähe eines Waldes an und stiegen von ihren Pferden. Vlad nahm einen langen Ast und formte mit dem Messer rasch eine Spitze. Dann rammte er den Pfahl in die Erde, mit der Spitze nach oben.

„Nehmt diesem Schwein den Knebel ab und bindet ihm die Hände los!", sagte er.

Erci und Hasan folgten seinem Befehl sofort. Als Panait den Pfahl sah, wusste er, dass er eines schrecklichen Todes sterben würde.

Angsterfüllt sah er Vlad an und wimmerte: „Meine Männer werden dich finden und dich töten!"

„Ganz sicher nicht. Hast du geglaubt, dass du ungestraft davonkommst? Spießt ihn auf!", befahl Vlad.

Vier Männer nahmen Panait hoch und spießten ihn auf den Pfahl. Der Bojar brüllte vor Schmerzen.

„Auf die Pferde, Männer! Wir dürfen keine Zeit mehr verlieren", rief Vlad.

Sie schwangen sich auf ihre Pferde und ritten davon, ohne sich noch einmal umzusehen. Kurz darauf erreichten die Männer Panaits, von seinem Gebrüll hergeführt, die Stelle, wo ihr Herrscher seinen Tod gefunden hatte. Bei seinem Anblick blieben alle wie versteinert stehen. Sie fragten sich, wer diese grausame Tat begangen hatte. Aus Panaits leblosem Körper floss das Blut am Pfahl hinunter und sammelte sich am Boden in einer kleinen roten Lache.

Der Kommandant näherte sich ihm schließlich und sah in Panaits Gesicht. Ein Schauer lief ihm über den Rücken.

Wer hat ihn auf so eine grausame Art umgebracht? Und wieso?, fragte er sich. Wer hatte ihn dermaßen gehasst?

„Herunternehmen!", befahl er. „Wir müssen so schnell wie möglich von hier verschwinden. Wer weiß, ob hier noch mehr Feinde sind."

Die Soldaten folgten dem Befehl ihres Oberhauptes und holten Panait mit zitternden Händen herunter. Sie packten die Leiche auf ein Pferd und ritten, so schnell sie konnten, zurück.

Nachdem Vlad und seine Ritter eine Rast am Ufer eines kleinen Flusses gemacht hatten, ritten sie ohne Pause weiter, bis sie in die Walachei und nach Targoviste kamen. Vlad fühlte eine große Erleichterung in seinem Herzen. Im Schloss ging er gleich in den Thronsaal. Dort wurde er von Bartold, dessen Sohn Lucan und einigen Bojaren empfangen. Alle atmeten erleichtert auf, als sie ihn sahen.

„Es ist alles gut gelaufen", erzählte Vlad und setzte sich auf seinen Thron. „Der Mörder meines Vaters und meines Bruders hat für seine grausamen Taten mit dem höchsten Preis bezahlt. Er bedeutet für die Walachei keine Gefahr mehr. Jetzt müssen wir im Land die Sicherheit und die Ordnung wiederherstellen, um allen Walachen ein besseres Leben zu ermöglichen. – Lucan, ruf morgen die am besten ausgebildeten Kämpfer, die wir im Land haben, zusammen."

„Was habt Ihr vor?", fragte Bartold.

„Ich möchte eine spezielle Truppe bilden, die für meine Sicherheit sorgt. Sie wird auch die Spione, Diebe, Räuber und Betrüger, die sich im Land herumtreiben, aufspüren und eliminieren."

„Eine weise Entscheidung, mein Herr", lobte Bartold.

Am nächsten Morgen erwachte Vlad ausgeruht und fühlte sich für den Tag gut vorbereitet. Er spürte an seinem Hals ein ungewohntes Gewicht. Als er danach griff, entdeckte er die Kette mit dem Drachenmedaillon. Verwundert schüttelte er den Kopf.

Plötzlich hörte er die Stimme seines Vaters: „Das Medaillon gehört jetzt dir, Vlad. Trage es immer bei dir. Er wird dich vor Gefahren schützen."

„Ich werde deinen Rat befolgen, Vater", erwiderte Vlad.

Er wollte gern das Gespräch fortzusetzen, aber die Stimme war verstummt. Deshalb verließ er den Raum und traf sich bald darauf mit Bartold, um die Organisation der Elitetruppe vorzubereiten. Schon am Nachmittag standen vor dem Thronsaal viele junge Männer, die auf die Entscheidung des Königs warteten. Vlad brauchte die Truppe, um ihn überallhin zu begleiten und vor eventuellen Angriffen zu schützen. Nur so konnte er die vielen Aufgaben, die vor ihm lagen, ohne Hindernisse erledigen.

Drei Tage widmete er sich der Aufstellung der Elitetruppe. Er suchte aus Hunderten gut ausgebildeter Männer fünfzehn aus. Anschließend besuchte er eine Woche lang inkognito, aber in Begleitung seiner Elitetruppe einige Städte, um zu erfahren, wie die Menschen dort lebten, und sich ein Bild von dem zu machen, was er in Zukunft verbessern musste.

Die zwanzig Männer, die ihn von Konstantinopel in die Walachei begleitet hatten, ließ er in ihre Heimat zurückkehren. Er belohnte jeden von ihnen für ihren mutigen Einsatz und für ihre Treue mit zwanzig Goldmünzen und bat sie, zu schwören, dass sie niemals in irgendwelcher Form gegen die Walachei kämpfen würden. Das wäre für beide Seiten zu schmerzhaft gewesen und hätte die schöne Erinnerung an ihre gemeinsame Mission verdunkelt.

Die Männer nickten zustimmend und schworen auf ihren Säbeln: „Wir werden niemals gegen die Walachei kämpfen!" Dann verabschiedeten sie sich und verließen Targoviste.

Die nächsten drei Tage verbrachte Vlad in seinem Schloss und dachte viel nach. Seine Gedanken wanderten auch immer wieder zu seiner Mutter. Er war sich jetzt ziemlich sicher, dass sie in ihrem Schloss in Transsylvanien lebte, und wollte sie unbedingt besuchen. Deshalb traf er sich mit Bartold und erzählte ihm von seiner Absicht.

„Geht unbesorgt zu Eurer Mutter. Als Kommandant der Armee versichere ich Euch, dass ich und meine Soldaten hier für Ordnung sorgen werden."

„Gut", sagte Vlad. „In fünf Tagen werde ich wieder da sein. Eine Eskorte brauche ich nicht. Ich nehme Lucan, Altun, Erci und Hasan sowie zwei meiner Elite-Soldaten mit. Wir werden verdeckt reisen."

Am nächsten Morgen verließen Vlad und seine Begleiter das Schloss und machten sich auf den Weg. Nach ein paar Stunden erreichten sie Sibiu, eine Stadt im Herzen Transsylvaniens. Es war schon dunkel, sie waren müde und sie brauchten etwas zu essen und zu trinken, deshalb rasteten sie beim ersten Wirtshaus. Die Pferde überließen sie der Betreuung eines Knechts.

Als sie eintraten, wurden alle Gäste still. Es war für sie nicht alltäglich, sieben sehr gepflegt und stilvoll gekleidete junge Männer zu sehen.

„Wer seid ihr?", fragte der Wirt, ein großer Mann mit einer gestreiften Schürze und einem grau melierten Schnurrbart.

„Wir sind Kaufleute und befinden uns mit unseren Waren auf dem Weg nach Alba. Wir haben in Bukarest eingekauft und nach so einem langen Weg sind wir müde und hungrig. Etwas zu trinken bräuchten wir auch."

„Dann nehmt Platz", bat der Wirt und zeigte ihnen einen langen, sauberen Tisch mit Bänken auf beiden Seiten. „Bei mir gibt es das beste Brathähnchen und den besten Wein aus Sibiu. – Lonica! Bring Wein und Geflügel für unsere Gäste", rief er der Bedienung zu, einer hübschen Frau mit hochgesteckten Haaren.

Vlad und seine Kameraden machten es sich auf den Bänken bequem.

Der Wirt brachte den Wein und warnte sie: „Ihr müsst vorsichtig sein, wenn ihr in der Nacht reitet. Vor zwei Wochen wurde Panait von einer Bande in seinem Schloss angegriffen, in den Wald gebracht und dort auf einen Pfahl gespießt. Das ist nicht weit von hier. Wer weiß, welche Absichten diese Banditen noch haben?"Vlad und seine Männer schauten sich gegenseitig an und taten verwundert.

„Die Leute sagen, dass die Bande sich ihre Opfer nur in der Nacht sucht. Besser übernachtet ihr hier", schlug ihnen den Wirt vor.

„Ja", sagte Altun, „das ist eine gute Idee."

„Sogar eine sehr gute Idee", betonte Vlad.

Das gebratene Hähnchen roch sehr gut. Er war knusprig und gleichzeitig zart. Sie aßen viel und tranken von dem guten Wein. Dann legten sie sich in zwei Zimmern schlafen.

Am nächsten Morgen setzten sie ihre Reise fort und am Nachmittag erreichten sie Sighisoara. Es war ein wunderschöner spätsommerlicher Tag. Nach einer weiteren Stunde kamen sie zu dem Schloss der Prinzessin Anastasia.

Das Tor war offen, aber die Schlosswachen standen auf ihren Posten und riefen: „Halt! Wer seid ihr?"

„Ich bin Vlad Dracul, der König der Walachei", sagte Vlad und zeigte ihnen das Drachenmedaillon. „Und diese Männer sind meine Ritter."

Als die Wachen das Medaillon sahen, verbeugten sie sich tief vor Vlad.

„Herzlich willkommen, Eure Majestät. Eure Mutter, die Prinzessin Anastasia erwartet Euren Besuch schon seit Tagen", erklärten sie und traten zur Seite.

Die Männer traten in den Hof. Ein paar Diener, die mit Gartenarbeit beschäftigt waren, blickten neugierig zu ihnen. Im inneren Garten des Schlosses schimmerten süß duftende weiße und rote Blumen, und auf einem kleinen Teich schwammen Enten. Auf einem Weg in der Nähe des Teichs sah Vlad eine Frau mit hochgesteckten silbernen Haaren in einem blauen Kleid, das mit Perlen und Edelsteinen bestickt war.

Sie spazierte nachdenklich und etwas bedrückt in Begleitung einer schönen jungen Frau, mit roten Haaren, die ebenfalls edel angezogen war. Schnell stieg Vlad vom Pferd und eilte mit großen Schritten zu ihnen. Seine Mutter blickte auf und eine große Freude zeigte sich in ihrem Gesicht, als sie ihn erkannte.

„Vlad! Bist du es wirklich?", fragte sie weinend.

„Ich bin es, Mutter. Ich habe dich endlich gefunden."

„Vlad, mein Sohn!"

Die Prinzessin umarmte Vlad und drückte ihn fest an sich. Dann küsste sie ihn auf die Stirn.

„Ich wusste, dass du kommen würdest! Als ich die Nachricht erhalten habe, dass du den Thron der Walachei zurückerobert hast, habe ich jeden Tag auf dich gewartet. Erzähl mir von Radu. Wo ist er?"

„Er ist in guten Händen. Wenn der richtige Zeitpunkt kommt, werde ich ihn in die Walachei holen."

„Ich danke Gott, dass er dich mit so viel Klugheit und so viel Kraft gesegnet hat."

„Ich habe viel Arbeit vor mir, Mutter. Vladislav hat das Land in die Armut getrieben. Überall auf den Straßen treiben sich Räuber und Betrüger herum. Die Kaufleute sind auf unseren Straßen nicht mehr sicher und die Händler können ihre Geschäfte nicht mehr führen. Um all das muss ich mich kümmern. Ich will in der Walachei wieder für Ordnung, Ehrlichkeit und blühenden Handel sorgen. Und ich will, dass die Menschen glücklich sind und sich über ein Leben ohne Armut und Angst freuen. Ich will meinem Volk das Leben bieten, das es in der Zeit hatte, als mein Vater das Land regierte. Jeder, der sich gegen meine Befehle stellt, wird hart bestraft werden. Außerdem muss ich die Grenzen der Walachei sichern. Daher brauche ich eine starke Armee, die all diese Aufgaben erfüllt."

„Du wirst all das schaffen, Vlad. Es ist deine Bestimmung, König der Walachei zu sein und das Land in die richtige Richtung zu führen", erwiderte seine Mutter.

Vlad warf einen kurzen Blick auf die junge Frau an der Seite seiner Mutter, die ihm sehr gefiel. Sie schenkte ihm ein sanftes Lächeln.

„Ich möchte dir meine Begleitung vorstellen", sagte seine Mutter. „Contessa Ileana von Harghitha."

Die junge Frau verneigte sich vor Vlad.

„Eure Majestät, es freut mich, Eure Bekanntschaft zu machen."

Vlad betrachtete sie genauer. Ihre lieblreizenden braunen Augen wurden von langen, dichten Wimpern umrahmt. Sie hatte wunderschöne rote Haare und trug ein gelbes Kleid, das mit Perlen und Edelsteinen bestickt war. Die hübsche Frau löste in Vlad ein seltsames Gefühl aus, das er bisher noch nicht kannte.

„Sehr erfreut", sagte er. „Besucht Ihr meine Mutter oft, Contessa?"

„So oft ich kann. Sie ist für mich ein guter Wegweiser, da ich meine Mutter schon als Kind verloren habe. Sie ist auch meine beste Freundin und Beraterin."

„Erzählt mir etwas über euch."

„Gern", antwortete Ileana.

Sie spazierten zusammen durch den blühenden Garten und unterhielten sich fast zwei Stunden lang. Die Soldaten und Lucan ließen sie währenddessen nicht aus den Augen. Als es Abend wurde, gingen sie gemeinsam zum Schloss, wo Vlads Freunde warteten.

Vlad stellte seiner Mutter seine Kameraden vor: „Das sind Erci, Hasan, und Altun, meine besten Freunde und Kampfkameraden. Mit ihnen habe ich in Konstantinopel zwei Jahre lang trainiert und über meine Sorgen und Wünsche gesprochen. – Freunde, das ist meine Mutter, Prinzessin Anastasia."

Die jungen Männer verbeugten sich vor der Dame und diese begrüßte sie freundlich: „Herzlich willkommen, meine Herren. Ich hoffe, Ihr habt Hunger. Bitte, folgt mir!"

Sie gingen hinein und die Diener wiesen ihnen den Weg zu den Zimmern, die für sie vorbereitet worden waren. Nachdem sie dort kurz den Staub von der langen Reise abgewaschen hatten, trafen sie sich im Speisesaal wieder, wo ein schmackhaftes Abendessen auf sie wartete. Anschließend zogen sich Vlads Freunde und die Contessa Ileana in ihre Zimmer zurück. Lucan blieb als Wache vor dem gemütlichen Salon stehen, in dem sich Vlad und seine Mutter unterhielten. Später würden die beiden Soldaten ihn ablösen.

„Nach dem Tod deines Vaters und deines Bruders Mircea wurde ich sehr krank", erzählte Prinzessin Anastasia. „Allein der Gedanke, dass du und Radu noch lebt, hat mich am Leben gehalten. Und nun bist du hier."

Vlads Herz füllte sich mit Freude, als er seine Mutter so glücklich sah.

Diese fuhr fort: „Als ich vor einer Woche hörte, dass Panait in der Nähe seines Schlosses auf einen Pfahl gespießt worden war, fiel mir eine Last vom Herzen. Niemand weiß, wer ihn umgebracht hat, aber er hat seinen Tod verdient! Er war ein grausamer Mensch!"

Vlad sah sie an, schloss für einen Moment die Lider und nickte leicht mit dem Kopf. Die Prinzessin ahnte sofort, was er andeuten wollte.

„Bist du derjenige, der ihn getötet hat?"

„Ja, Mutter. Ich habe den Mörder meines Vaters und meines Bruders bestraft und ihn durch die Spitze eines Pfahles sterben lassen. All die Jahre, die ich mich in Konstantinopel aufhielt, habe ich nur daran gedacht, meinen Vater und meinen Bruder zu rächen. Und das war auch mein erster Gedanke, nachdem ich die Krone der Walachei zurückerobert hatte."

Die Prinzessin presste ihre Hände an ihre Brust und lauschte Vlads Worten. Dann sagte sie: „Ich bin so stolz auf dich, mein Sohn. Der Mörder hat seine Strafe verdient."

Nach so langer Zeit konnte die Prinzessin endlich Frieden mit den schmerzhaften Ereignissen der Vergangenheit schließen. Die beiden unterhielten sich noch lange, bevor sie zu Bett gingen.

Am nächsten Morgen verabschiedete sich Vlad von seiner Mutter und Ileana.

„Ich hoffe, Euch wiederzusehen, Majestät", sagte die schöne Contessa.

„Mit Sicherheit, Contessa. Unsere Wege werden sich wieder kreuzen", erwiderte der junge König mit einem freundlichen Lächeln.

Am nächsten Tag kamen Vlad und seine Begleiter wieder in Targoviste an. Auf Wunsch von Altun trafen er und seine Freunde sich am nächsten Morgen in Vlads Arbeitszimmer, um etwas zu besprechen. Dort wartete der König schon auf sie. Er wirkte bedrückt. Die Männer nahmen alle an einem runden Tisch mit hohen Sesseln Platz und sahen einander an. Ohne dass sie etwas gesagt hätten, wusste Vlad, dass der nächste Moment ein trauriger für sie alle sein würde.

Altun ergriff schließlich das Wort und sagte mit trauriger Stimme:

„Vlad, ich glaube, dass unsere Aufgabe hier erfüllt ist. Du hast jetzt neue Leute, die dir treu sind und deinen Befehlen folgen werden. Mit deinem Einverständnis wollen wir in unser Heimatland zurückkehren. Wenn du uns jemals wieder brauchst, werden wir für dich da sein."

„Ihr seid die besten Freunde und Kampfkameraden, die man sich vorstellen kann", erwiderte Vlad. „Ich danke euch, dass ihr mich auf dem harten Weg bis hierher begleitet und für mich gekämpft habt. Ich kann euch gut verstehen. Auch wenn es mir schwerfällt, euch ziehen zu lassen, respektiere ich eure Entscheidung und ich bin froh, dass ihr mich in dieser besonderen Zeit begleitet habt. Ich weiß nicht, ob die Beziehung zwischen unseren Ländern immer freundschaftlich sein wird. Doch ich hoffe, dass es nie so weit kommt, dass ihr gegen mich kämpfen müsst."

„Ganz gleich, was die Zukunft bringt, wir werden niemals gegen die Walachei kämpfen", versicherte Altun. „Wir schwören es."

Dann kreuzten alle drei die Klingen ihrer Säbel und schworen: „Wir werden niemals gegen die Walachei kämpfen. Lieber sterben wir, als unsere Waffen gegen das walachische Volk zu richten!"

Vlad umarmte sie und bedankte sich noch einmal bei ihnen. Dann sagte er: „Ich werde euch eine Eskorte von zwanzig Soldaten mitgeben, damit ihr die Grenze ohne Schwierigkeiten erreicht. Und ich möchte euch für euren Mut und eure Loyalität belohnen. Jeder von euch bekommt hundert Goldmünzen. Nehmt diese und macht euch ein schönes Leben!"

Zur Mittagszeit war es so weit. Die Eskorte wartete draußen auf sie. Die drei Männer verabschiedeten sich von Vlad, sie tauschten Dankesworte und gute Wünsche aus, dann stiegen sie auf ihre Pferde und verließen Targoviste und die Walachei.

Ein paar Tage später spazierte Vlad in Begleitung seiner Hündin Maja nachdenklich durch den schönen Garten seines Schlosses. Seine Aufgaben als König waren unsagbar viele. Als Erstes musste er die Walachei wieder zu einem blühenden Land machen. Das war keine einfache Aufgabe. Er wusste, dass viele Beamten und die Gesellschaft korrupt und kriminell waren. Er wollte mit eigenen Augen sehen, wie alles lief, und alles, was giftig war, aus seinem Land beseitigen. Er beschloss, den Markt zu besuchen.

„Bring mir einen einfachen Mantel, wie das Volk ihn zu tragen pflegt", befahl er seinem Diener. „Und ruf die Elitetruppe her!"

Kurz darauf warteten seine Männer im Thronsaal auf Vlads Befehle. Bartold und Lucan waren auch dabei.

„Was habt Ihr vor?", fragte Bartold.

„Ich habe einen Bericht erhalten, dass viele Unehrlichkeiten im Handel stattfinden. Ich will sehen, wie der Handel in der Stadt funktioniert. Ihr und meine Elitesoldaten werdet mich begleiten, doch mit gebührendem Abstand. Bleibt unauffällig in unserer Nähe. Wenn wir auf dem Markt sind, gebe ich mich als Käufer aus."

„Wie Ihr wünscht, mein König."

Vlad zog den einfachen Mantel über seine königliche Kleidung und machte sich in Begleitung seiner Männer auf den Weg zum größten Markt der Stadt. Dort zügelten sie ihre Pferde, stiegen ab und gingen zu Fuß von einem Stand zum anderen, mit Vlad an der Spitze. Bald blieb er vor einem Stand mit Hirse, Roggen und Weizen stehen. Er fragte den Verkäufer nach der Qualität seiner Waren sowie deren Herkunft und beobachtete dabei genauer, wie er seine Geschäfte abwickelte.

Der Verkäufer holte das Getreide mit einer Abwiegeschaufel aus Blech aus dem Sack und schüttete es den Käufern in ihre mit Stoff ausgelegten Körbe. Dann verlangte er jeweils das Geld für zwei Pfund Getreide. Das alles tat er mit einer großen Geschwindigkeit.

„Seit wann verkaufst du deine Waren hier?", fragte ihn Vlad.

„Seit ein paar Jahren."

Dann erkundigte sich der König, ob die Schaufel wirklich zwei Pfund fassen konnte. Der Verkäufer antwortete etwas irritiert: „Aber sicher fasst die Schaufel zwei Pfund. Ich bin ein ehrlicher Verkäufer."

„Ich glaube, dass die Menschen, die bei dir einkaufen, weniger bekommen, als ihnen zusteht. Darf ich mir deine Wiegeschaufel näher anschauen?"

„Nein, darfst du nicht. Wer bist du überhaupt?"

„Ich bin dein König", sagte Vlad und warf seinen Mantel ab. „Und ich werde deine Schaufel mit oder ohne deine Erlaubnis untersuchen."

Der Verkäufer wurde blass. Vlad nahm sich die Wiegeschaufel und schaute sie gründlich an. Seine Vermutung bestätigte sich. Die Schaufel hatte einen doppelten Boden, wodurch sich ihr Fassungsvermögen verringerte. Der erschrockene Verkäufer trat einige Schritte zurück. Er stand mit offenem Mund da, bekam aber keinen Laut mehr heraus.

„Holt den Aufseher dieses Markts", befahl Vlad.

Bevor seine Soldaten auch nur einen Schritt getan hatten, stand bereits ein Mann Mitte dreißig vor ihm, der alles mitbekommen hatte und sich nun tief vor Vlad verbeugte.

„Eure Majestät!", sagte er.

„Welche Aufgabe hast du hier als Aufseher?", fragte Vlad.

„Ich kontrolliere die Qualität der Waren und die Art, wie sie verkauft werden."

„Und das tust du jeden Tag, bei jedem Verkäufer?"

„Ja, Eure Majestät."

„Hast du heute auch diesen Verkäufer kontrolliert?"

„Ja, das habe ich."

„Und du hast nichts Auffälliges bemerkt?"

„Nein. Es war alles in Ordnung."

„Hast du diese Wiegeschaufel heute früh bei ihm kontrolliert?"

Der Aufseher nahm die Wiegeschaufel in die Hand, sah sie gründlich an und entdeckte schnell den doppelten Boden.

„Das gibt's doch nicht!", rief er aus. „Dieser Mann ist ein Betrüger. Heute Morgen zeigte er mir eine andere Schaufel, als ich ihn kontrollierte."

„Und wo ist diese andere Schaufel?"

„Wahrscheinlich hat er sie versteckt."

„Dann such sie!", befahl Vlad.

Der Aufseher durchwühlte die Sachen des Verkäufers und fand rasch das Gesuchte.

„Das ist die richtige Wiegeschaufel, Majestät. Die habe ich heute kontrolliert", erklärte der Aufseher.

Inzwischen hatten sich Dutzende Menschen um sie versammelt und beobachteten neugierig das Geschehen.

„Wie oft machst du diese Kontrolle am Tag?", fragte Vlad den Aufseher.

„Einmal, in der Früh."

„Warum nur einmal und nicht häufiger?"

„Der Markt ist groß, Majestät. Es gibt viele Verkäufer und ich habe auch andere Aufgaben zu erledigen."

„Du bist ein ehrlicher Mann. Ab morgen bekommst du Unterstützung für deine Arbeit. Die Gebühr für die Verkäufer wird etwas erhöht, damit du deinen neuen Mitarbeiter bezahlen kannst. Wärst du korrupt und hättest diesen Händler bei seinem Betrug unterstützt, hättest du die höchste Strafe bekommen, nämlich den Tod."

Der Verkäufer erstarrte, denn er ahnte, dass er sein Leben verwirkt hatte.

„Nehmt diesen Betrüger fest!", befahl Vlad.

„Gnade, Eure Majestät! Ich bitte um Gnade", schrie der betrügerische Verkäufer.

Doch Vlad kümmerte sich nicht um ihn. Zwei Soldaten, die für die Ordnung auf dem Markt zuständig waren, fesselten den Betrüger und trugen ihn fort. Die Menge folgte ihnen neugierig.

„Spießt ihn auf!", befahl Vlad. Seine Männer taten wie geheißen und der unehrliche Verkäufer fand seinen Tod durch die Spitze eines Pfahls.

Ein lautes „Ooooh" kam aus der Menge.

Vlad wendete sich zum Volk und sagte: „Dieser Betrüger hat euch jahrelang bestohlen. Seine Leiche bleibt da, wo sie ist, um allen, die sich mit Betrügereien beschäftigen wollen, eine Warnung zu sein."

Am späten Nachmittag kehrte Vlad mit seinen Männern in das Schloss zurück. Er war sich bewusst, dass es überall im Land Betrüger gab, und er wollte unter ihnen aufräumen. Deshalb stellte er in allen Städten spezielle Einheiten auf, welche die Ordnung herstellen sollten. Sie bekamen die Macht verliehen, die Märkte zu untersuchen und die Betrüger an ihren kriminellen Absichten zu hindern oder für ihre

Vergehen zu bestrafen. Auch die Räuber, die ihre Opfer auf Landstraßen, an Brücken oder in engen, dunklen Gassen suchten, blieben nicht ungestraft und fanden ihren Tod durch die Spitze eines Pfahls. Genauso erging es den Lügnern und den Ehebrecherinnen. Dadurch veränderte sich vieles.

Eines Tages empfing der König im Thronsaal einen Kaufmann aus Transsylvanien, der auf der Durchreise nach Bulgarien war. Als er in den Saal trat, verbeugte er sich tief.

„Was bringt dich zu mir?", fragte Vlad.

„Eure Majestät ist ein gerechter Herrscher seines Landes. Als ich mit meinen Waren in der Nähe von Bukarest war, musste ich vor Müdigkeit und Erschöpfung eine Rast machen und mich nach der langen Reise erholen. Kaum war ich mit dem Abendessen fertig, hat mich eine Bande von Räubern überfallen und mir meine gesamten Waren gestohlen. Ich selber konnte mich im letzten Moment retten und habe mich mit meinen zwei Begleitern im Wald versteckt. Mit dem wenigen Geld, das ich in der Tasche hatte, schaffte ich es, zu Eurer Majestät zu kommen. Überall wird davon gesprochen, dass Ihr die Betrüger, die Diebe und die Mörder hart bestraft. Ich dachte sofort, dass nur Ihr in der Lage seid, mir Gerechtigkeit zu verschaffen. An wen konnte ich mich wenden, wenn nicht an Euch? Und ich bin nicht der Einzige, der von so einem Schicksal betroffen ist. Auch andere Kaufleute wurden überfallen."

„Du hast recht daran getan, hierherzukommen. In weniger als vierundzwanzig Stunden wirst du deine Waren zurückbekommen. Ich kann dir schon jetzt sagen, dass sich nachher kein Räuber mehr trauen wird, in der Walachei ehrliche Menschen anzugreifen und zu überfallen."

Vlad rief nach Bartold und befahl: „Mach dich mit deiner Truppe bereit für eine Reise nach Bukarest. Eine Bande von über zehn Räubern überfällt Kaufleute in der Nähe des Vlasia-Waldes. Diesem Mann wurden dort seine Waren und sein Geld gestohlen. Er wird mit euch kommen und euch den Ort zeigen. Ich will, dass jeder Einzelne von diesen Dieben gefangen und bestraft wird, damit es in Zukunft niemand mehr wagt, das Gut anderer zu stehlen."

„Jawohl, Majestät! Wir brechen sofort nach Bukarest auf", antwortete Bartold und verließ den Saal.

Vlad blickte zu dem verzweifelten Kaufmann und sagte: „Du wirst deine Waren wiederbekommen. Mach dir keine Sorgen. Richte allen Kaufleuten aus, dass sie sich in diesem Land ab morgen frei bewegen können, denn es wird hier keine Diebe und Räuber mehr geben."

„Ich danke Euch, König Vlad."

Am Abend kehrte die Elitetruppe zurück. Vlad wartete schon auf ihren Bericht.

„Wir haben die Räuber aufgespürt, als sie ihren nächsten Überfall durchführen wollten. Wir haben sie sofort angegriffen. Ihre Überraschung, Leute in königlichen Uniformen zu sehen, war so groß, dass sie nicht einmal dazu kamen, sich zu verteidigen. Wir umkreisten sie und forderten sie auf, die Waffen niederzulegen. Sie hatten keine Gelegenheit, sich zu wehren. Wir nahmen sie fest und sie gestanden alles. Die Waren des Kaufmanns hatten sie im Wald versteckt. Sie warteten auf weitere Opfer, um ihre Beute zu vergrößern und sie dann zum Verkauf nach Bukarest zu bringen. Diese Räuber treiben schon seit Jahren ihr Unwesen. Wir haben sie an den Rand der Stadt gebracht und den Neugierigen, die sich dort versammelt hatten, von ihren Taten erzählt. Andere haben in der Zwischenzeit die Pfähle vorbereitet. Einer nach dem anderen wurden die Diebe aufgespießt, so wie du es uns befohlen hast. Währenddessen jubelte die Menge deinen Namen. Der Kaufmann bekam seine Waren zurück und ich ließ auf eine Mauer schreiben, dass es dein Wunsch ist, als König der Walachei alle Diebe, Räuber, Betrüger und Mörder auf diese Weise zu bestrafen, damit sich in Zukunft keiner mehr traut, solche Taten zu begehen."

Die Nachricht über Vlads drastische Maßnahmen, mit denen er Gesetzesbrecher bestrafte, verbreitete sich schnell im ganzen Land und sogar über die Grenzen der Walachei hinaus in alle Nachbarländer. Viele bewunderten ihn, und jene, die im Konflikt mit dem Gesetz standen, fürchteten, an einem Pfahl zu enden.

Nach kurzer Zeit hatte Vlad die Walachei von allem Gesindel gesäubert. Keiner traute sich mehr, andere zu betrügen oder zu bestehlen aus Angst, dass er dies mit seinem Leben bezahlen würde.

Die Kaufleute konnten jetzt mit ihren Waren durch die Walachei reisen ohne Angst, überfallen zu werden. Die Menschen fürchteten den König so sehr, dass sie es nicht einmal wagten, verlorene Gegenstände aufzuheben. Wenn jemand etwas verlor, fand er es an demselben Platz wieder, selbst wenn es eine mit Gold gefüllte Börse war.

Vlad wurde zu einem strengen, aber gerechten Richter. Er bestrafte die Menschen auf furchtbare Weise, aber er machte dadurch aus der Walachei ein starkes und organisiertes Land. Die Menschen, die mit seinen drastischen Methoden nicht einverstanden waren, sprachen über ihn, als wäre er der Teufel persönlich und sie nannten ihn nicht mehr Dracul, sondern Dracula – Teufel. Seine Landsleute gaben ihm außerdem den Beinamen Tepes, der Pfähler. Schließlich nannte ihn jeder Vlad der Dritte Tepes Dracula.

Das Volk liebte und bewunderte ihn und jubelte ihm zu. Nur das Gesindel und diejenigen, die andere um ihr Hab und Gut bringen wollten, hassten ihn. Sein Wunsch, die Walachei zu einem blühenden und wohlhabenden Land zu machen, hatte sich erfüllt. Nachdem er den Kaufleuten das Handeln erleichtert und jedem Menschen freie Hand zum Kaufen und Verkaufen von Waren gegeben hatte, gründete er viele Städte und eröffnete er viele Märkte, wo die Handwerker und Bauern ihre Waren anbieten konnten. Dadurch wurde er zu einem berühmten Verwalter seines Landes. Seine Autorität wurde größer und größer und er setzte Beamte ein, die ihm halfen, die Walachei zu verwalten und aus den Menschen ein starkes und gut organisiertes Volk zu machen.

Um die Ehrlichkeit im Land zu testen, befahl Vlad, einen Kelch aus Gold neben einen Brunnen mit sauberem Wasser zu stellen, damit die durstigen Reisenden, die vorbeikamen, Wasser schöpfen und daraus trinken konnten.

„Der goldene Kelch steht immer noch da, Majestät", berichtete ihm von Zeit zu Zeit sein Kommandant, der die Aufgabe hatte, den Kelch zu bewachen. Vlad atmete tief durch und freute sich: „Meine Methoden zeigen ihre Wirkung."

„Ja, Majestät. Tausende von Reisenden haben in den letzten Monaten den goldenen Kelch bewundert und daraus Wasser getrunken, aber keiner hat ihn mitgenommen. Er steht immer noch da, wohin Eure Majestät ihn gestellt hat."

Kapitel 6

Eines Tages bekam Vlad eine Nachricht aus Konstantinopel. Er erbrach das Siegel und las: „Der Sultan ist sehr krank. Er kann sich nicht mehr auf den Beinen halten. Schon seit einer Woche liegt er im Bett. Seine Tage sind gezählt. Er hat nach dir gefragt. Er will dich unbedingt sehen. Außerdem musst du Radu hier wegholen. Falls der Sultan stirbt, bevor du kommst, ist sein Leben in Gefahr. Komm, so schnell du kannst. Sami."

Vlad war wie versteinert. Sein erster Gedanke galt Radu. Er fühlte sich schuldig, weil er ihn zurückgelassen und noch nicht zu sich geholt hatte. Wenn der Sultan starb, war sein Bruder ohne Schutz, und Mehmed würde ihn sofort verhaften und einsperren lassen. Oder könnten Sami und Kenan Radu vielleicht an einen sicheren Ort bringen, wenn es so weit war? Er wusste es nicht und musste sich auf jeden Fall beeilen, um noch vor dem letzten Atemzug des Sultans in Konstantinopel zu sein.

Vlad ließ seine Elitetruppe rufen. Nach wenigen Minuten stellten sich seine fünfzehn Ritter vor ihm auf.

„Wie lautet Euer Befehl, Vlad?", fragte Lucan.

„Wir machen uns sofort bereit für eine Reise nach Konstantinopel. Der Sultan liegt im Sterben. Ich muss meinen Bruder Radu aus dem Palast holen."

Ohne Zeit zu verlieren, bereiteten die Ritter ihre Pferde und die notwendige Ausrüstung vor und kurz darauf verließen sie Targoviste in Richtung Süden. Maja begleitete sie. Die meiste Zeit saß sie in einem Gestell, das Vlad für sie hatte bauen lassen, auf einem Packpferd, das einer der Soldaten am Zügel führte.

Nach drei Tagen erreichte Vlad mit seiner Truppe Konstantinopel. Er machte sich schnell auf den Weg zum königlichen Palast, wo eine bedrückende Stille herrschte. Sechs Monate war es schon her, dass er diesen Ort verlassen und seinen Bruder fremden Händen überlassen hatte. Vlad bestimmte drei Männer, die ihn begleiten sollten, die anderen und Maja blieben draußen. Mit Lucan und zwei seiner Elitesoldaten betrat er den Palasthof. Die Wachen erkannten ihn und ließen ihn ohne

Probleme vorbei, schließlich hatte der Sultan ihn zu sehen gewünscht. Als sie in den Hof kamen, entdeckte ihn Kenan und rannte ihm entgegen. Die beiden umarmten sich und Vlad bedankte sich für alles, was er für ihn und Radu getan hatte.

„Wo ist mein Bruder jetzt?", fragte er dann.

„Er ist in einem sicheren Raum hier im Palast und Sami ist bei ihm. Nimm Radu und verlass diesen Palast und Konstantinopel, so schnell du kannst. Laut den Ärzten kann der Sultan in jedem Augenblick seinen letzten Atemzug tun."

„Ich muss zuerst den Sultan sehen. Ich kann nicht einfach so von hier weggehen."

„Das ist zu riskant. Sein Sohn Mehmed wird dich verhaften, sobald der Sultan die Augen schließt."

„So weit wird es nicht kommen. Ich habe mich gut vorbereitet. Mach dir keine Sorgen. Ich bin mit meiner Elitetruppe hier. Jeder meiner Männer wird an einem wichtigen Ort postiert, damit ich unverletzt von hier fortkomme. Ich habe mir alles gut überlegt, bevor ich diese Entscheidung getroffen habe. Vertrau mir!"

„Gut, ich vertraue dir, Vlad. Wir haben hier alle von deinen außergewöhnlichen Taten gehört und von dem, was du aus der Walachei gemacht hast. Wir sind sehr stolz auf dich."

„Danke. Warte bitte draußen auf mich", bat Vlad. „Ich werde nicht lange brauchen."

Der Walache gab seinen Männern die letzten Anweisungen und trennte sich dann von ihnen. Mit Lucan an seiner Seite schritt er durch Flure und Säle, bis er endlich zu den Gemächern des Sultans kam. Die Tür stand offen. Er blickte hinein und sah viele Menschen, die auf den letzten Atemzug des Sultans warteten: Ärzte, Wesire und mehrere Mullahs waren dort versammelt. Auf seiner rechten Seite, direkt am Krankenbett standen seine Frau Hüma und alle seine Söhne. Die Mullahs, die sich um sein Bett versammelt hatten, beteten für seine Seele. Alle wussten, dass der Sultan diese Nacht nicht überstehen würde. Seit drei Tagen hatte er nicht einen Bissen Essen und nur sehr wenig Flüssigkeit zu sich genommen.

Der Sultan lag in seinem Bett aus Ebenholz. Sein Kopf war auf weiche

Kissen aus Goldbrokat gebettet und sein schwacher Körper versank unter einer Seidendecke mit goldenen Rändern. Seine Augenhöhlen waren schwarz und die Nase spitz. Er war kraftlos und konnte kaum sprechen, war aber bei Bewusstsein, obwohl seine Augen geschlossen waren.

Als Vlad in den Raum trat, richteten sich sofort alle Blicke auf ihn. Seine Anwesenheit hier war eine große Überraschung, besonders für Mehmed. Er kniff die Augen zusammen und warf Vlad einen drohenden Blick zu. Der zukünftige Sultan konnte zwar im Moment nichts gegen ihn ausrichten, versuchte aber trotzdem, Vlad mit seinem kühlen Blick zu verunsichern, und ließ ihn die ganze Zeit nicht aus den Augen. Der Walache kümmerte sich nicht darum. Er näherte sich dem Sultan und blieb neben dessen Bett stehen.

Mit Tränen in den Augen sah er den Sultan an und sagte: „Ich bin da, verherrlichter Sultan."

Der Sultan öffnete langsam die Augen und erkannte Vlad sofort. Seine Miene veränderte sich und ein leichtes Lächeln umspielte seine Lippen. Entkräftet und mit einem müden Blick streckte er seine schwache Hand zu ihm aus. Vlad nahm sie in beide Hände und küsste sie, dann drückte er sie an sein Herz. Heiße Tränen flossen über seine Wangen.

Mehmed schaute Vlad voller Abscheu und Zorn an, doch der Walache ignorierte ihn und kniete vor dem Sultan nieder.

„Du bist doch rechtzeitig gekommen", sagte der greise Herrscher.

„Wie konnte ich anders."

„Aus dir ist ein starker und gerechter König geworden. Ich habe viel von dir gehört. Dein Volk liebt dich und bewundert dich. Ich bin froh, dass dein Traum wahr geworden ist. Meine Zeit dagegen ist abgelaufen. Es bleibt nur noch eine Sache", sagte der Sultan und forderte Vlad mit einer Geste auf, sein Ohr an seine Lippen zu legen. Vlad beugte sich hinab und lauschte auf jedes Wort, das der Sultan sagte.

„Ja", sagte Vlad dann mit einem Nicken. „Ich werde Euren Wunsch erfüllen."

Mit wutverzerrtem Gesicht starrte Mehmed Vlad an.

Seine Neugierde machte ihn nervös und er biss die Zähne zusammen. Der Sultan löste seinen Arm und blickte noch einmal zu seinen Söhnen und zu seiner Frau.

„Lebt wohl", sagte er mit seinem letzten Atemzug.

Dann schloss er langsam die Augen, drehte seinen Kopf auf die Seite und sein Herz hörte auf, zu schlagen. Es war ein trauriger Augenblick für alle, die sich hier befanden, und gleichzeitig eine sehr wichtige Stunde. Ein neuer Sultan würde gleich seinen Platz einnehmen, Mehmed würde in Kürze gekrönt werden. Die Ärzte schoben Vlad auf die Seite und untersuchten das Herz des Sultans, seine Atmung und seinen Puls.

Dann verkündeten sie: „Der Sultan ist tot."

Mehmed und die Witwe des Sultans stürzten sich weinend auf den Toten. Die Tür öffnete sich weit und noch mehr Mullahs kamen herein. Einige von ihnen beschäftigten sich mit einem Totenritual, während die anderen die Krönung ihres neuen Sultans Mehmed vorbereiteten. Trotz allem versuchte Mehmed, Vlad nicht aus den Augen zu verlieren. Vergeblich, zu sehr war seine Aufmerksamkeit hier gefordert.

Vlad ging langsam, mit kleinen Schritten zurück. Er löste sich unbemerkt von der Menge und huschte auf den Flur. Dort standen Lucan und zwei seiner Elitesoldaten. Sie hatten die osmanischen Wachen beseitigt und sorgten dafür, dass Vlad sich in Sicherheit bringen konnte. Gemeinsam liefen sie die Treppe hinunter, wo Kenan auf sie wartete.

„Schnell, folge mir, Vlad! Ich bringe dich zu Radu", sagte er.

Kenan lief in den Hof hinaus und durch einen dunklen Gang zu einem geheimen Raum, zu dem niemand außer ihm und Sami Zugang hatte. Dort warteten Radu und Sami auf Vlad. Radu lief auf seinen großen Bruder zu und umarmte ihn.

„Ich habe auf dich gewartet, Vlad. Endlich bist du da", rief er voller Freude aus.

Vlad drückte seinen Bruder fest an seine Brust. Dann küsste er ihn auf die Stirn und blickte glücklich zu Sami und Kenan.

„Ich danke euch für alles, meine treuen Freunde. Ich werde euch nicht vergessen. Murad ist tot. Bis zur Zeremonie wird es nicht lange dauern, dann wird Mehmed zum Sultan gekrönt. Wir müssen rasch von hier verschwinden, denn er wird gleich nach uns suchen. Meine Elitetruppe, die die Gänge und das Haupttor beobachtet, wird jetzt ihre Posten verlassen und draußen vor dem Palast auf mich warten. Es bleibt uns nicht mehr viel Zeit. Ich möchte mich jetzt schon von euch verabschieden und euch für alles danken, was ihr für mich und meinen Bruder getan habt", sagte Vlad und umarmte die beiden fest. Radu, der mit den Tränen kämpfte, tat es ihm gleich.

„Lebt wohl, meine treuen Freunde!", sagte er.

„Kommt wohlbehalten in euer Land und passt gut auf euch auf!", sagte Sami und Kenan nickte zustimmend.

„Das werden wir", versicherte Vlad. „Wenn ihr in eure Kammer kommt, schaut in eure Kleidertruhen. Ich habe euch als Dankeschön für eure Loyalität und euren Mut von einem meiner Männer jeweils fünfzig Goldmünzen hineinlegen lassen. Ihr braucht nun nicht mehr hier im Palast als Diener zu arbeiten. Mit Mehmed als Sultan wird es nicht mehr so sein wie früher. Ihr könnt jetzt ein neues Leben ohne Sorgen anfangen."

„Danke", sagten die beiden mit leuchtenden Augen und Kenan erklärte: „Wir werden gleich heute Abend in unsere Heimatstadt zurückkehren. Wir werden viel an dich und Radu denken und an die schöne und aufregende Zeit, die wir zusammen verbracht haben."

„Es ist eine weise Entscheidung, nicht länger hierzubleiben. Geht am besten gleich und packt eure Sachen!"

„Wir begleiten euch zuerst nach draußen", widersprach Sami.

Gemeinsam eilten sie so schnell wie möglich hinaus. Vor dem Palast wartete die walachische Elitetruppe schon auf sie.

Die beiden Brüder blickten Sami und Kenan noch einmal an und jeder der beiden sagte: „Lebt wohl, meine Freunde!"

Dann stiegen sie auf ihre Pferde und galoppierten los. Der Rest der Truppe folgte ihnen. Sie verließen Konstantinopel genauso unauffällig, wie sie gekommen waren.

Nach drei Stunden beschloss Vlad, zu rasten. Sie hielten am Rande eines Waldes, in der Nähe eines kleinen Flusses und ließen die Pferde trinken. Nach etwa einer Viertelstunde wollte der junge König das Zeichen zum Aufbruch geben, doch Maja sah ihn plötzlich aufmerksam an. Er reagierte schnell und befahl seinen Männern, in Deckung zu gehen und abzuwarten. Einige Augenblicke später bestätigte sich Majas besonderes Gespür für Gefahr. Vier Reiter in osmanischen Uniformen näherten sich. Der Anführer der Truppe kam Vlad bekannt vor – es war der „Mann im Schatten". Erleichtert verließ der Walache das Versteck. Seine Männer folgten ihm.

Die osmanischen Ritter machten halt und drei von ihnen stiegen von ihren Pferden. Nur einer von ihnen blieb im Sattel. Vlad sah ihn neugierig an und erkannte, dass seine Hände gefesselt waren. Sein Gesicht war halb hinter einem buschigen schwarzen Bart und halb unter einem Helm versteckt, sodass er es nicht näher betrachten konnte.

„Wer ist dieser Mann?", fragte er, nachdem sie sich begrüßt hatten.

„Lasst mich zuerst Euch etwas fragen: Habt Ihr hier alles erledigt?"

„Noch nicht, aber ich will zuerst meinen Bruder in Sicherheit bringen. Danach kehre ich zurück und kümmere mich darum, dass Gugusyoglu endlich seine verdiente Strafe bekommt."

„Was habt Ihr mit ihm vor? Wollt Ihr ihn auf einen Pfahl spießen?"

„Nein, ich werde ihn für den Rest seines Lebens in ein Loch stecken und ihm den gleichen Komfort bieten, den Radu und ich im Kerker hatten. Er muss genau so leiden, wie wir damals gelitten haben."

„Das kann ich gern für Euch übernehmen. Das ist Gugusyoglu", erwiderte der „Mann im Schatten" und zeigte auf den Gefangenen.

Vlad ging näher an den Mann auf dem Pferd heran. Als er in seine boshaften Augen sah, erkannte er den Gefängniswärter und starrte ihn einen Moment grimmig an.

Dann wandte er sich zum „Mann im Schatten" und sagte: „Ja, das ist er. Ich danke dir für deinen Einsatz und für deine Absicht, diese Sache zu Ende zu bringen."

Der „Mann im Schatten" erwiderte: „Ich werde ihn in den finstersten Kerker der Welt, das Gefängnis von Monturia stecken, und dort wird er für den Rest seines Lebens bleiben. Ich werde dafür sorgen, dass ihm das angetan wird, was er Euch angetan hat. Danach kehre ich in die Walachei zurück und werde Euch zur Seite stehen, wie es Euer Vater wollte."

„Danke! Ich wünsche dir eine gute Reise!"

„Das wünsche ich Euch auch."

Vlad fiel ein großer Stein vom Herzen. Er hatte hier im Osmanischen Reich ein wichtiges Kapitel seines Lebens abgeschlossen.

„Auf die Pferde, Männer!", befahl er. „Wir dürfen jetzt keine Zeit mehr verlieren. Die osmanischen Soldaten können uns jeden Moment einholen. Wir müssen sofort aufbrechen."

Eilig machten sie sich auf den Weg nach Transsylvanien, wo Vlad Radu in der Obhut seiner Mutter lassen wollte. Der „Mann im Schatten" dagegen ritt mit seinen Begleitern und Gugusyoglu nach Osten, in Richtung Monturia.

Kapitel 7

Zwei Monate später kam in Targoviste frühmorgens ein Bote aus Konstantinopel an. Vlad empfing ihn im Thronsaal. Bartold und einige Bojaren waren anwesend.

„Seine Majestät, der Sultan Mehmed, schickt mich mit einer wichtigen Nachricht zu Euch, König Vlad", sagte der Bote und überreichte Vlad mit einer tiefen Verbeugung einen Brief.

Vlad rollte das Papier auf. Mit jedem Wort, das er las, änderte sich seine Miene. Er schloss kurz seine Augen und sein Atem ging schwerer. Diese Nachricht war überhaupt nicht erfreulich. Mehmed forderte von ihm einen Tribut von Gold, Getreide, Pferden und fünfhundert Kindern. Dass Mehmed so weit ging, Kinder als Tribut zu fordern, ließ Vlad innerlich zusammenzucken. Der Sultan drohte, die Walachei anzugreifen und in eine osmanische Provinz zu verwandeln, falls er nicht auf seine Forderungen einginge.

Vlad atmete tief durch und rollte den Brief nachdenklich zusammen. Dann blickte er kurz zu dem Boten und sagte: „Du bekommst meine Antwort noch vor dem Abend. Bis dahin ruh dich etwas aus, der Diener wird dir eine Kammer zuweisen."

Der Bote verneigte sich vor Vlad, drehte sich um und verließ in Begleitung eines Dieners den Thronsaal. Vlad stand auf und schritt nachdenklich auf und ab.

„Was will der Sultan?", fragte Bartold.

„Er will, dass wir ihm einen Tribut zahlen wie bereits mein Vater. Er fordert Gold, Getreide, Pferde und fünfhundert Kinder."

„Was? Er will unsere Kinder als Tribut?", schrie Bartold entsetzt. „Was will er mit ihnen machen? Sie versklaven und die Mädchen seinem Harem zufügen?"

„Vermutlich. Sein Versprechen an seinen verstorbenen Vater, nur Gold, Getreide und Pferde als Tribut zu fordern, aber keine Menschen, hat er damit gebrochen. Ich habe dem Sultan Murad zwar versprochen, Tribut an das Osmanische Reich zu bezahlen, aber von Kindern war nie die Rede."

„Was hast du jetzt vor?", fragte Bartold.

„Gib Lucan Bescheid, er soll die Bojaren zusammenrufen. Ich erwarte alle in drei Stunden hier im Thronsaal."

Mit besorgter Miene zog sich Vlad in sein Arbeitszimmer zurück. Am Nachmittag kehrte er in den Thronsaal zurück, wo die Bojaren bereits auf ihn warteten. Als er sich auf seinen Thron sinken ließ, waren alle Blicke auf ihn gerichtet. Sie konnten an seinem Gesicht ablesen, dass es um etwas sehr Wichtiges ging. Vlad presste seine Zähne zusammen und schloss die Augen.

Dann atmete er tief durch, hob den Kopf und sagte: „Unser Land befindet sich in einer schwierigen Lage. Der osmanische Sultan Mehmed hat mir ausrichten lassen, dass er unser Land angreifen und in eine osmanische Provinz verwandeln wird, falls ich ihm nicht einen Tribut, bestehend aus Gold, Getreide, Pferden und fünfhundert Kindern im Alter von zehn bis vierzehn Jahren, zahle. Meine Entscheidung steht bereits fest. Ich kann dem Sultan wohl Gold, Getreide und Pferde als Tribut zahlen, aber ich werde ihm keine Kinder schicken."

Die Bojaren flüsterten leise untereinander. Vlad spürte, dass einige von ihnen anderer Ansicht waren. Es folgte eine kurze Pause, dann stand Albu, der Älteste der Bojaren, auf, und sagte: „Das klingt nach Krieg."

„Wenn das der einzige Weg ist, unsere Jugend zu bewahren, dann, ja."

„Haben wir überhaupt eine Chance gegen Mehmed? Seine Armee ist sehr groß. Wie können wir sie besiegen?"

Nach diesen Worten brandeten heftige Diskussionen auf. Aus der Sicht einiger Bojaren kam diese Entscheidung einem Selbstmord gleich. Doch die Mehrheit empfand den Weg, den Vlad vorgeschlagen hat, als einzige Lösung. Nach all dem, was er bis jetzt in der Walachei erreicht hatte, vertrauten sie darauf, dass seine Entscheidung richtig war.

„Seid ehrlich, mein König. Glaubt ihr wirklich, dass wir eine Chance gegen Mehmed haben?", wagte einer zu fragen.

„Ja, das glaube ich. Außerdem haben wir keine andere Wahl. Oder sollen wir mit den Osmanen ein Übereinkommen treffen und ihnen fünfhundert Kinder schicken, dazu Pferde, Gold und Getreide?

Er wird diese Forderungen Jahr für Jahr wiederholen. Ohne Kinder und Jugendliche werden wir aufhören, zu existieren. Diese Kinder sind die Kinder der Walachei. Würdet Ihr Eure eigenen Kinder an die Osmanen als Tribut zahlen?", fragte Vlad und ließ seinen Blick über die Bojaren schweifen. Statt einer Antwort senkten alle die Köpfe.

„Wollt Ihr die Unterdrückung durch die Osmanen oder wollt Ihr in Freiheit leben? Wenn Mehmeds Fuß unseren Boden berührt, wird er den Albtraum seines Lebens erleben. Das verspreche ich Euch."

Nach diesen Worten versuchte keiner mehr, Vlad dazu zu überreden, den Tribut an die Osmanen zu zahlen. Sie waren jetzt alle mit seiner Entscheidung einverstanden und fest überzeugt, dass er sich einen guten Plan zur Verteidigung gegen Mehmeds große Armee überlegen würde. Sie sahen sich gegenseitig an. Die Hoffnung, dass die Walachen die Osmanen besiegen könnten, stand in ihren Gesichtern geschrieben.

Vlads Gesicht hellte sich auf, da nun die Bojaren an seiner Seite standen. Um die Größe der osmanischen Armee machte er sich nicht viele Gedanken. Um einen Krieg zu gewinnen, brauchte er nicht tausende Soldaten, sondern eine gut überlegte Kampfstrategie. Damit konnte er die Osmanen in eine schwierige Lage bringen. Er brauchte einen guten Plan, um sein Ziel zu erreichen und wollte deshalb sofort mit den Vorbereitungen beginnen.

Vlad ließ den osmanischen Boten rufen. Wenige Augenblicke später erschien dieser vor dem Thron. Vlad überreichte ihm seine Botschaft an Mehmed und sagte: „Sag deinem Sultan, dass wir, die Walachen, ihm keinen Tribut zahlen werden. Sollte er es sich anders überlegen und keine Kinder fordern, bin ich einverstanden, mit ihm ein Abkommen zu treffen und ihm Gold, Getreide und Pferde zu geben. Aber ich werde niemals Kinder als Tribut zahlen."

Der Bote nahm das Schreiben, verbeugte sich tief vor dem König und sagte: „Ich werde dem Sultan Eure Botschaft überbringen."

Vlad nickte ihm zu und entließ ihn.

Nachdem der Bote den Saal verlassen hatte, wandte sich Vlad den Bojaren zu und erklärte: „Mit unserer Armee allein können wir gegen die Osmanen keinen Krieg führen. Es sind einfach zu viele. Wir müssen uns etwas überlegen, das die Welt bis jetzt noch nicht erlebt hat. Wir werden die große Armee Mehmeds nicht nur mit unserer Kraft, sondern auch mit unserem Verstand und unserer Klugheit besiegen. Morgen früh werde ich euch Bescheid geben, zu welchem Entschluss ich gekommen bin."

Der junge König verließ den Thronsaal und redete den übrigen Tag mit niemandem mehr. Den Nachmittag verbrachte er in seinem schönen Garten mit den Zitronenbäumen und duftenden Jasminsträuchern. Maja begleitete ihn.

Nachts konnte er nicht schlafen. Daher wandelte er stundenlang durch den Garten, um nachzudenken und die richtigen Entscheidungen zu treffen. Er musste sich eine Taktik überlegen, die zur Zerstörung von Mehmeds Armee führen würde. Am frühen Morgen schließlich hatte er eine Lösung gefunden und rief nach Lucan.

„Bring mir die besten Bauarbeiter, die wir in unserem Land haben. Sie werden um die Mauern des Schlosses einen tiefen Graben ziehen und diesen mit Gras abdecken. Das Tor muss mit Eisen gefestigt werden."

Vier Tage später erreichte der Bote den Sultan. Als dieser Vlads Nachricht las, stieg ihm das Blut in die Wangen und seine Augen warfen zornige Blicke in alle Richtungen.

„Was? Dieser Vlad mit seiner winzigen Armee will sich mir widersetzen?", rief er aus. „Ich werde ihm zeigen, was es bedeutet, dem großen Mehmed nicht zu gehorchen. Ich werde die Walachei erobern und in eine osmanische Provinz verwandeln! Und danach werde ich Ungarn und Österreich erobern und auch diese Länder in osmanische Provinzen verwandeln. Mein Imperium wird noch größer und noch reicher werden und schließlich werde ich nach Rom marschieren und über die ganze Welt herrschen!"

Mehmeds Träume waren sehr groß. Er lebte umgeben von italienischen Malern und griechischen Historikern, gelehrten Geistlichen die ihn verehrten und ihm voraussagten, dass er der Herr der ganzen Welt werden würde. Um seine Feinde besser kennenzulernen, machte er sich einigermaßen mit den christlichen Lehren vertraut und hörte sich kluge Ratschläge an, entschied dann aber nach eigenen Gutdünken und duldete nicht den geringsten Widerspruch.

Nach der unerfreulichen Antwort aus der Walachei stieg sein Hass auf Vlad noch mehr. Und er stellte sich viele Fragen: „Wie kann er es sich erlauben, sich gegen mich zu stellen? Glaubt er etwa, mich mit seiner winzigen Armee besiegen zu können? Oder ist Vlad stärker als geahnt? Was beabsichtigt er?"

Diese Überlegungen bereiteten Mehmed schlaflose Nächte. Seine Nervosität stieg. Seine Generäle, Pascha, Hamsa, und Josuf, bereiteten derweil den Marsch in die Walachei vor. Alle drei erzählten ihrem Sultan, dass Vlad kein bedeutender Gegner für das große Osmanische Reich sei. Mehmed wollte das gern glauben und eigentlich sollte Vlad mit seiner kleinen Armee keine Chance gegen sein Heer haben, das zehnmal so groß war. Aber in seinem Inneren spürte Mehmed, dass Vlad etwas Besonderes war. Doch in welcher Hinsicht? Was beabsichtigte dieser Dracula, der so viel Ordnung, Disziplin und Wohlstand in sein Land gebracht hatte?

Zehn Tage später bekam Vlad die Nachricht, dass Mehmed Konstantinopel mit seiner Armee verlassen hatte. Unterwegs würden immer mehr Soldaten dazustoßen, die an anderen Orten im Osmanischen Reich postiert waren. Insgesamt würden sich einhunderttausend Mann auf den Weg in die Walachei machen. Da die meisten von ihnen zu Fuß unterwegs waren, würden sie für ihren Marsch bis zur Grenze etwa drei Wochen benötigen.

Das gab dem jungen König genug Zeit, sich vorzubereiten. An der Grenze postierte er Spione, andere sandte er tief ins Osmanische Reich, damit sie jeden Schritt des Sultans überwachten. Seine Soldaten wurden von Vlad und seinen Kapitänen sehr gut auf den Kriegsfall vorbereitet. Jeder Mann hatte seine Anweisungen und wusste, was er tun musste. Vlad selbst begab sich mit seiner Elitetruppe schon früh in die Nähe der Grenze, um dort zu sein, wenn Mehmed mit seiner Armee in die Walachei eindrang.

An einem warmen Frühlingstag erreichte der Sultan mit seinem Heer schließlich die Walachei. Pferde zogen die großen Kanonen und Wagen mit Munition. Die Soldaten trugen ihre Rüstung und ihre Waffen. Auf dem Kopf hatten sie hohe Filzhauben. Die lange Reise hatte sie müde gemacht. Nachdem sie die Donau überquert hatten, erkundeten die Späher sorgfältig die Lage und versicherten ihrem Sultan, dass alles in Ordnung sei.

Mehmed musterte seine Generäle, die auf die Befehle ihres Herrschers warteten. Dann verkündete er: „Wir errichten hier unser Lager. Sagt den Männern Bescheid, dass sie die Zelte aufschlagen und sich ausruhen sollen. Morgen werden wir unseren Marsch nach Targoviste fortsetzen und den König dieses mickrigen Landes vernichten."

Er ahnte nicht, dass Vlad ganz in seiner Nähe war. Von einem Hügel beobachteten er und seine Späher jede Bewegung der feindlichen Armee. Alles lief nach seinem Plan. Er hatte die Osmanen den Fluss überqueren lassen und seine Männer zurückgehalten. Die Feinde sollten glauben, dass hier keine Walachen wären und sie gefahrlos ihr Lager errichten könnten. Doch als die müden Soldaten ihre Waffen abgelegt hatten und mit dem Aufstellen ihrer Zelte beschäftigt waren, machten die Walachen Pfeil und Bogen bereit. Dann warteten sie auf Vlads Kommando. Kurz darauf gab der König das Angriffssignal: „Macht euch bereit! Und los!"

Die Walachen überschütteten die nichtsahnenden Osmanen mit einem Pfeilhagel und zogen sich dann blitzartig zurück.

„Lasst uns von hier verschwinden", sagte Vlad zu seinen Männern. „Wir reiten jetzt zu den Dörfern. Dort müssen wir die Bewohner warnen, damit sie sich in Sicherheit bringen."

Mehmed beobachtete den Angriff fassungslos. Wie war es den Walachen gelungen, aus dem Nichts zu erscheinen? Etwa zwanzig seiner Männer waren tot oder schwer verwundet.

Der Sultan rief seine Generäle zum Angriff und in Sekundenschnelle machten sich die Osmanen für die Abwehr bereit. Angespannt warteten sie auf das Kommando. Doch sie konnten keine Walachen entdecken. Daher machte General Josuf sich mit einer kleinen Truppe auf die Suche nach den Angreifern, aber die Walachen waren bereits verschwunden. Alles war nach Vlads Plan verlaufen.

Etwas weiter im Landesinneren fand er verängstigte Dorfbewohner vor, die die Nachricht von einer gewaltigen osmanischen Armee erhalten hatten, was sie in große Panik versetzte. Als sie Vlad sahen, legte sich ihre Angst etwas. Gespannt warteten sie auf das, was ihnen ihr König sagen wollte.

„Ihr habt nichts zu befürchten. Packt eure Sachen und verschwindet in die Berge. Niemand wird euch dort finden", beruhigte Vlad. „Wir werden gegen die Osmanen kämpfen und sie besiegen."

Die Dorfbewohner packten in aller Eile so viel zusammen, wie sie konnten, und flohen mit ihrem Vieh in die Berge. Vlad befahl seinen Männern, die übrigen Nahrungsmittel gut zu verstecken und die Wasserbrunnen zu vergiften. Dann verbarg er sich mit seiner Truppe im dichten Wald und wartete auf den Feind.

Durch den Schreck bei ihrer Ankunft fanden die Osmanen in der Nacht keine Ruhe. Müde machten sie sich am nächsten Morgen auf den Weg nach Targoviste. Auf ihrem Weg fanden sie viele leere Dörfer. Überall war eine beängstigende Stille, die ihnen gar nicht gefiel. Sie entdeckten keine Spur von Vlads Heer, glaubten aber, dass er sich immer noch in ihrer Nähe befand. Der starke Wind verursachte unheimliche Geräusche und die einfachen Soldaten hatten große Angst, dass sie jederzeit von den Walachen angegriffen werden könnten. Im ersten Dorf schöpften sie Wasser aus dem Brunnen, doch kurz nachdem die ersten Soldaten davon getrunken hatten, wanden sie sich in Krämpfen auf dem Boden. Danach wagten sie es nicht mehr, aus den Brunnen zu trinken und stillten ihren Durst nur noch an Bachläufen.

Mehmed trieb seine Truppe weiter Richtung Targoviste. Obwohl sie nur wenig schliefen und marschierten, solange es hell war, kamen sie nur langsam voran. Nach zwei Tagen waren sie erschöpft. Abgesehen von wenigen Vögeln, die sie im Wald erlegten, fanden sie kaum etwas zu essen. Die Osmanen verloren langsam das Vertrauen in die eigene Kraft. Sie hatten große Angst, wie die anderen Feinde des Walachen durch die Spitze eines Pfahls zu sterben, ein schmerzlicher, grausamer Tod. Der Name Vlad Dracula machte immer wieder heimlich die Runde.

Jeder flüsterte ihn, wenn die Generäle nicht in der Nähe waren.

Der Sultan spürte die Unruhe seiner Soldaten und versuchte, ihre Moral zu steigern, indem er ihnen versicherte, dass sie die Stärkeren waren und siegen würden. Doch gegen die Müdigkeit kam er nicht an. Deshalb entschloss er sich am späten Nachmittag, den Anmarsch nach Targoviste zu unterbrechen, damit sich die Soldaten ausruhen konnten. Er befahl, das Lager in der Nähe eines Flusses zu errichten. Erleichtert legten die Männer ihr Gepäck ab und ließen sich ins Gras sinken.

Vlad kannte die Wälder seiner Heimat sehr gut. Er war dem osmanischen Heer mit seiner Truppe immer einen Schritt voraus, da er ahnte, wohin die Feinde sich wenden würden. Aus seinem Versteck im Wald beobachtete er jeden ihrer Schritte. Er wusste, dass sie erschöpft und mutlos waren. Das kam seinen Plänen sehr entgegen.

„Eure Majestät, die Osmanen machen heute schon sehr früh Rast", berichtete Bartold. „Sie sind so erschöpft, dass der Sultan ihnen befohlen hat, das Lager hier zu errichten."

„Gut, sie sollen sich ausruhen. Nach Mitternacht greifen wir sie an."

„Ist das nicht zu gefährlich?"

„Nein, sie werden unaufmerksam sein. Sie denken sicher, dass wir in Targoviste auf sie warten."

Vlads Plan war es, Mehmed in seinem Lager zu töten und so den Angriff auf Targoviste zu verhindern.

Die Osmanen wiegten sich tatsächlich in Sicherheit und sie waren so erschöpft, dass die meisten von ihnen tief und fest schliefen. Die Walachen hatten das Lager beobachtet, bevor es dunkel wurde. Nun war nichts mehr zu erkennen, doch sie wussten bereits, dass alle zehn Meter eine Wache postiert war und wo das Zelt des Sultans stand.

Vlad und seine Männer trugen Uniformen, die den osmanischen täuschend ähnlich sahen. Er hatte schon vor Wochen geübte Schneider damit beauftragt, diese anzufertigen. Nun warteten sie auf den richtigen Moment, um die Feinde zu überraschen.

„Wir werden in ihr Lager eindringen und Mehmed töten. Wenn wir das schaffen, dann werden die Osmanen fliehen", erklärte Vlad seinen Männern.

Mit großer Vorsicht drangen die Walachen in das osmanische Lager ein. Die Wachen hielten sie aufgrund ihrer Uniformen für osmanische Soldaten, sodass sie diese leicht überwältigen konnten. Nachdem sie die fünf Männer erstochen hatten, die ihrem Versteck im Wald am nächsten waren, näherten sie sich Mehmeds Zelt. Auch dort waren Wachen postiert. Sie fragten die Männer auf Türkisch, was sie um diese Uhrzeit hier wollten, doch bevor sie Alarm schlagen konnten, hatten Vlads Elitesoldaten sie schon außer Gefecht gesetzt.

Vlad trat mit gezogenem Schwert in das königliche Zelt, seine Männer folgten ihm. Doch statt des Sultans waren hier nur einfache Soldaten, die sich müde die Augen rieben und den Mann in osmanischer Uniform erstaunt ansahen. Als sie merkten, dass sie angegriffen wurden, versuchten sie, Widerstand zu leisten. Doch bevor sie zu ihren Waffen greifen konnten, hatten die Walachen sie schon niedergestreckt. Aber der Lärm hatte die Osmanen aufgeschreckt.

Ein Soldat schrie aus Leibeskräften: „Alarm!", und die Wachposten bliesen in ihre Hörner. Das Signal riss alle aus dem Schlaf. Die Osmanen liefen wild durcheinander, um die Angreifer zu finden. Doch Vlad und seine Männer hatten das Zelt schon wieder verlassen und mischten sich unter die Soldaten, sodass sie von diesen nicht zu unterscheiden waren.

Da die einfachen Soldaten unter freiem Himmel schliefen, vermutete Vlad, dass der Sultan sich in dem Zelt direkt neben dem königlichen Zelt befand. Er gab seinen Männern leise das Zeichen zum Angriff und sie stürmten mit gezogenen Säbeln in das Zelt. Sie sahen gerade noch, wie Mehmed auf der anderen Seite in Begleitung seiner Garde aus dem Zelt floh, dessen Stoffbahn jemand mit einem Schwert zerschnitten hatten.

„Schnappt ihn euch!", rief Vlad und rannte hinter den Männern her.

Doch der Sultan war bereits zwischen den einfachen Soldaten und dem Tross verschwunden und die Walachen konnten ihn nirgends entdecken.

Im Lager herrschte inzwischen ein heilloses Durcheinander. Die Osmanen rannten mit gezogenen Säbeln in alle Richtungen, um dem Feind zu entkommen. Sie glaubten, dass sie von sehr vielen Männern angegriffen worden waren. Da sie wussten, dass der Feind die gleichen

Uniformen trug wie sie selbst, versuchten sie, in der Dunkelheit zwischen den eigenen Männern die wahren Feinde zu erkennen und erstachen sich im Eifer des Gefechts gegenseitig. Die Osmanen fluchten, schimpften und schrien, dass der Teufel auf sie losgegangen sei. Die Walachen nutzten dies aus und griffen an verschiedenen Stellen die Osmanen an, die nicht mehr wussten, gegen wen sie kämpfen mussten, weil die Feinde genauso aussahen wie die eigenen Leute.

In der Dunkelheit konnte Vlad nicht einschätzen, in welche Richtung Mehmed geflohen war. Er suchte zwar mit seiner Truppe das Lager ab, aber er fand den Sultan nicht. Sein Versuch, Mehmed zu töten, bevor es zu einem Kampf kam, war gescheitert.

Enttäuscht gab Vlad das Zeichen zum Rückzug und die Walachen verließen das osmanische Lager. Sie machten sich auf den Weg nach Norden, in Richtung Targoviste, wo in kurzer Zeit die Feinde auftauchen würden und wo schon das gesamte walachische Heer wartete.

Die Walachen hatten den Eindringlingen einen großen Schrecken eingejagt und etwa zweihundert Soldaten waren gestorben, weitere waren schwer verletzt. Nachdem die letzten Kämpfe beendet waren, standen die Männer in kleinen Gruppen zusammen. Der Angriff hatte sie in große Panik versetzt und ihre Moral noch weiter gesenkt, denn sie glaubten nun, es mit dem Teufel persönlich zu tun zu haben. Alle wussten, dass nur der walachische König dies bewerkstelligen konnte. Sie wagten es nicht mehr, seinen Namen laut zu nennen, sondern sprachen nur flüsternd über ihn.

Mehmed war außer sich vor Wut, weil Vlad ihn im eigenen Lager angegriffen hatte. Voller Hass befahl er die Verfolgung und schickte seinen General Hamsa mit einem Reitertrupp auf die Suche nach den Walachen, doch sie fanden diese nicht. Die Walachen kannten sich in dieser Umgebung besser aus und waren längst auf dem Weg nach Targoviste. Im Lager wurde jeweils ein Fünftel der Männer als Wache eingeteilt, während die anderen sich erneut schlafen legten, um am Morgen so ausgeruht wie möglich zu sein. Am nächsten Tag standen die Osmanen immer noch unter Schock. Nachdem sie ihre

Toten beerdigt hatten, marschierten sie weiter Richtung Targoviste. Der Weg war beschwerlicher, als Mehmed gedacht hatte. Nicht nur die Beschaffenheit des Bodens und der Umgebung und die ständige Furcht vor dem Feind machten ihnen zu schaffen, sondern auch das Wetter war gegen sie. Ein kalter Regen prasselte auf sie nieder und verwandelte alle Wege in Matsch. Nach zwei Tagen waren die Osmanen mit ihren Kräften fast am Ende.

Am dritten wandte sich General Josuf an den Sultan: „Wir können nicht weiterziehen! Ohne Nahrung werden wir alle sterben! Die wenigen Vögel und Wildtiere, die unsere Jäger schießen, und die Beeren und Wurzeln aus dem Wald reichen nicht, um alle Mägen zu füllen. Und diese unheimliche Gegend macht die Soldaten noch unsicherer, sie glauben, dass sie es mit dem Teufel persönlich zu tun haben."

„Das mag sein, aber ich will dieses Land um jeden Preis erobern! Setz mehr Männer als Jäger ein, aber wir ziehen weiter."

Als sie endlich in die Nähe von Targoviste kamen, rissen die Soldaten entsetzt ihre Augen auf. Überall hingen an Pfählen halb verweste Leichen von Männern und Frauen, Gesetzesbrecher, die Vlad hatte hinrichten lassen.

„Dieser Dracula wird auch uns töten", flüsterten die Soldaten untereinander. Ein paar versuchten, zu fliehen, doch Mehmed ließ sie wieder einfangen, aufspießen und zur Warnung für die anderen auf den Pfählen hängen.

„Das wird sie lehren, mich genauso zu fürchten wie den Walachen!", rief er aus.

Als die geschwächte osmanische Armee schließlich Targoviste erreichte, schlugen die walachischen Wachposten Alarm. Die Stadt lag wie ausgestorben da. Die Frauen, Kinder und die Alten waren rechtzeitig in die Wälder geflohen, die jungen, gesunden Männer waren im Schloss, um bei der Verteidigung zu helfen.

Ihre Feinde marschierten nun Richtung Schloss und schlugen ihr Lager auf dem Hügel auf. Vlad beobachtete jede ihrer Bewegungen. Es waren so viele wie die Bienen in einem Stock. Aber sie waren alle müde.

Vlads Überzeugung, dass er die richtige Entscheidung getroffen hatte, als er den Tribut an die Osmanen verweigert hatte, wurde immer größer. Sein Optimismus wurde von Tag zu Tag stärker und sein Hass gegen Mehmed gab ihm mehr Kraft, als er geahnt hatte. Dieses Gefühl übermittelte er auch seinen Männern, die bereit für die Verteidigung ihres Landes waren.

Als die Dämmerung heraufzog, ging Vlad hinunter in den Hof, wo seine gesamte Armee und seine Kapitäne schon auf ihn warteten. Er trat auf die Freitreppe hinaus und sagte mit lauter Stimme: „Walachen! Der Feind ist in unser Land eingedrungen und steht jetzt vor unseren Mauern. Unsere Stärke liegt nicht in unserer Größe, sondern in unserem Willen und in unserem Wunsch nach Freiheit für unser Land. Die Osmanen werden uns mit allen möglichen Waffen angreifen. Doch wir haben uns auf diesen Augenblick sehr gut vorbereitet. Jeder von euch weiß, was er zu tun hat. Folgt meinen Anweisungen, und der Erfolg wird auf unserer Seite sein. Denkt an eure Kinder und an eure Frauen, an eure Mütter und Väter, denkt an unsere schöne und freie Walachei! Ruht euch in der Nacht gut aus, denn morgen wartet die schwerste Aufgabe unseres Lebens auf uns. Wir werden den Osmanen zeigen, dass wir, die Walachen, stärker sind als sie."

Am nächsten Morgen standen die Walachen auf ihren Posten, bereit für die Verteidigung. Vor dem Schloss warteten die Osmanen mit ihren Lanzen und Säbeln. Die Mauern des walachischen Schlosses waren aber viel stärker und höher als der Sultan geahnt hatte. Seine Kundschafter hatten ihm nichts davon berichtet. Er kochte vor Wut und rief nach seinen Generälen.

„Ich will, dass wir mit einem einzigen Schlag über die Mauern in die Festung kommen und die Walachen bis zum letzten Mann vernichten!"

Die Walachen warteten still auf den Mauern, bis Mehmed das Signal zum Angriff gab. Die Trommeln wirbelten. Die Osmanen näherten sich der Festung mit langen Leitern. Als sie in die Nähe der Mauern kamen, senkte sich plötzlich die Erde unter ihnen ab und viele von ihnen fielen in die Gräben, die erst vor Kurzem ausgehoben worden waren.

Sie landeten auf spitzen Pfählen, die überall im Boden steckten. Manche von ihnen schafften es in die Nähe der Mauern, indem sie buchstäblich über die Leichen ihrer Kameraden gingen.

In diesem Moment gab Vlad den Befehl zum Angriff: „Schützen! Macht euch bereit! Los!"

Im nächsten Augenblick wurden die Osmanen von einem Pfeilhagel überrascht und viele von ihnen fielen zu Boden. Die Walachen legten rasch neue Pfeile in ihre Bogen, schossen erneut und zwangen die Osmanen, Deckung zu suchen.

Doch die Angreifer waren zu viele. Einige schafften es, den Pfeilen zu entkommen und legten schon ihre Leitern gegen die Mauern. Sie kletterten eilig hinauf, doch oben, wurden sie von den Walachen überrascht, die dort standen. Sie stießen die Feinde mit ihren Säbeln von den Leitern. Die Osmanen fielen schreiend in die Tiefe und brachen sich das Genick.

Die übrigen Soldaten fluchten: „Dracula! Der Teufel! Er wird uns alle in den Tod schicken!"

Weitere Osmanen versuchten, auf die Türme zu klettern. Dort wurden sie von heißem Pech überrascht und rissen bei ihrem Sturz in die Tiefe ihre eigenen Leute mit sich.

Der Sultan beobachtete das Geschehen voller Wut. Große Verzweiflung stand in seinem Gesicht geschrieben. Seine Hoffnung, dass er die Walachen rasch besiegen würde, lag in Trümmern. Doch er wollte nicht aufgeben. Er befahl seinem General Josuf, den Angriff zu wiederholen.

„Noch einmal! Versucht es noch einmal! Stellt wieder die Leitern auf!", schrie der General.

Vergeblich! Die osmanischen Soldaten konnten nicht über die Mauern kommen! Mehmed merkte, dass dieser Tag eine schlimme Wendung nahm, denn er hatte schon viele Tote zu beklagen. Er blies den Angriff ab und berief die drei Generäle in sein Zelt. Sie brauchten unbedingt eine neue Strategie. Sie ließen sich auf Kissen nieder, um sich zu beraten.

„Wir werden noch einmal versuchen, über die Mauern zu kommen, diesmal aber mit mehr Soldaten und mit mehr Leitern gleichzeitig."

„Die Soldaten sind schwach und hungrig. Auch unsere Reserven sind fast aufgebraucht. Ein neuer Angriff wird uns in den Tod führen", gab General Josuf zu bedenken.

Doch Mehmed wollte diese Worte nicht hören. Sein Hass auf Vlad, den großen Rivalen seiner Jugend, und sein Wunsch nach Macht waren größer.

Angeführt von General Josuf stürmten die Osmanen erneut die hohen Mauern. Sie versuchten wieder und wieder erfolglos, sie zu überqueren. Einige der Feinde versuchten, ohne Hilfe die dicken Mauern hochzuklettern, andere benutzten die Leitern. Die Walachen warfen Steine auf sie oder überschütteten sie mit heißem Pech. Diejenigen, die es bis nach oben schafften, stießen sie in die Tiefe.

Mehmed starrte wie versteinert hinauf zum Schloss. Ihm schien es, als wäre da oben eine übernatürliche Kraft, die seine Soldaten abwehrte. Doch in Wahrheit waren es nur die tapferen Walachen, angeführt von Vlad, der ihnen die richtigen Befehle für die Verteidigung ihres Landes gab.

„Wir haben diesen Vlad unterschätzt. Die Walachen sind viel stärker und klüger, als wir dachten", schrie Mehmed wütend. „Wir brauchen eine neue Strategie!"

Dann befahl er seinem General Pascha: „Bereitet die Kanonen vor!"

Kurz darauf stellte sich der General an die Spitze der Kanoniere. Die Osmanen machten sich für den Angriff bereit. Dann schossen sie gegen die Burgmauern. Doch Vlad war auch darauf vorbereitet. Die Walachen hatten ihrerseits ihre Kanonen längst in Position gebracht.

„Macht euch für den Angriff bereit! Feuer!", befahl Vlad.

Die walachischen Kanonen donnerten und ihre Kugeln flogen direkt in das osmanische Heer. Sie zerstörten einige Kanonen und töteten die Kanoniere oder verletzten sie schwer. Mit dem dritten Schuss verloren die Osmanen ihre letzten Kanonen.

Mehmed rief General Hamsa und betrat mit ihm zusammen wütend das Zelt.

„Wie viele Männer hat Dracula da oben in seiner Festung?", fragte er.

„Um die zehntausend, schätze ich", sagte der General.

„Wir werden versuchen, durch das Tor hineinzukommen", bestimmte Mehmed.

„Wie? Das Tor ist sehr hoch und stark."

Der Sultan gab darauf keine Antwort, sondern sagte nur: „Bereite die Männer zum Angriff vor, General!"

Hamsa machte die Soldaten für den neuen Angriff bereit. Sie näherten sich mit ihren Rammböcken über die Burgbrücke dem walachischen Tor.

„Mit aller Kraft, schlagt zu!", befahl der General.

Die Osmanen rammten mehrere Male mit voller Kraft das Tor, aber dieses ging nicht auf. Mehmeds Gesicht wurde blass vor Wut. Die Osmanen wechselten sich ab und machten weiter. Nach mehreren Versuchen brach das Tor endlich auf und sie stürmten hinein. Doch drinnen war kein Mensch zu sehen. Mehr als das, es sah hier genauso aus wie draußen: Auch hier standen hohe Mauern und direkt vor ihnen ein riesiges eisernes Tor. Überrascht und erschrocken sahen die Osmanen sich um. Sie hatten keine Kraft mehr, um noch einmal ihre Rammböcke in Bewegung zu setzen und das zweite Tor aufzubrechen.

Aus walachischer Sicht war das gut so, denn die hohen Mauern und das zweite Tor waren nur eine Attrappe, eine gelungene Täuschung der geschickten Arbeiter, die Vlad dafür engagiert hatte.

„Rückzug!", befahl Mehmed seinen Männern, als er das zweite Tor entdeckte. „Das ist eine Falle!"

Einige Augenblicke später zeigte sich Vlad oben auf einer Steintreppe zusammen mit seinen Kämpfern und schrie: „Was ist Mehmed? Sind deine Kräfte schon aufgebraucht? Willst du es nicht weiter versuchen? Wenn du dieses Land erobern willst, musst du mich zuerst töten. Komm und kämpfe gegen mich und besiege mich!"

„Komm her!", schrie Mehmed. Er zog seinen Säbel und streckte ihn voller Wut Vlad entgegen. „Ich warte schon so lange darauf, dich zu töten!"

„Ich ebenfalls", sagte Vlad und knirschte mit den Zähnen.

General Hamsa flüsterte seinem Sultan ins Ohr, dass der Walache übernatürliche Kräfte hätte und ihn in einem direkten Kampf umbringen würde. Vlad konnte seine Worte zwar nicht hören, aber er ahnte, dass der General große Bedenken hatte, dass die osmanische Armee ohne Führer bleiben würde, und Mehmed deshalb von einem direkten Kampf abhalten wollte. Mehmed hielt inne. Er erinnerte sich daran, wie sein Rivale in Konstantinopel die stärksten Kämpfer besiegt hatte.

Vlad bemerkte sein Zögern, sah ihm in die Augen und sagte: „Nimm deine Armee und verlass mein Land! Und versuch nie wieder, hierherzukommen, denn dieses Land wirst du niemals erobern können!"

Mehmed schnaubte wuterfüllt. Doch er erkannte, dass sein Hass sein Untergang sein würde. Daher befahl er den Rückzug. Die Moral der Osmanen war gebrochen. Sie waren hungrig und von Furcht ergriffen. Trotz all ihrer Bemühungen war es ihnen nicht gelungen, die Festung zu erobern. Deshalb gaben sie sich geschlagen. Das riesige osmanische Heer rückte ab. Der Sultan war wütend und enttäuscht. Ruhmlos zog er sich mit seiner Armee aus der Walachei zurück. Mehmed konnte sich nicht erklären, wie Vlad es mit seiner kleinen Armee geschafft hatte, so einen großen Widerstand gegen ihn, den mächtigsten Mann der Welt, zu leisten und ihn aus seinem Land zu vertreiben. Gerne hätte er unterwegs die Dörfer zerstört und sich an deren Bewohnern gerächt, doch dort war niemand und seine Soldaten wagten es nicht mehr, etwas gegen die Walachei zu unternehmen, sodass auch die Häuser stehen blieben.

Als die Osmanen abzogen, sahen die Walachen einander voll Freude an. Sie begannen zu jubeln und zu singen und riefen: „Vlad! Vlad! Hoch lebe unser König Vlad!"

Der junge König sah seine glücklichen Soldaten an und rief: „Walachen! Wir haben das Unmögliche geschafft und mit unserer Kraft, unserem Willen und unserer Klugheit die Osmanen besiegt. Unser Land ist jetzt frei!"

Die Menge jubelte erneut: „Vlad! Vlad! Hoch lebe unser König Vlad!"

Drei Wochen später, als er von seinen Spionen die Botschaft erhielt, dass der Sultan mit seinem ganzen Heer schon weit jenseits der Grenze war, machte sich Vlad mit seiner Elitetruppe und mit Maja auf den Weg nach Transsylvanien, wo seine Mutter, sein Bruder Radu und die Contessa Ileana auf seinen Besuch warteten.

Epilog

Herr Stefan! Wachen Sie auf! Es ist schon zehn Uhr. Wir müssen weiterfahren."

Stefan öffnete langsam die Augen und erblickte den Taxifahrer, der geduldig vor ihm stand.

„Was sagen Sie da? Wohin denn?", fragte Stefan.

„Nach Kalda."

„Aber wir sind doch in Kalda", antwortete Stefan verschlafen.

„Nein, wir sind immer noch in Otopeni. Erinnern Sie sich nicht mehr? Nachdem wir gestern hier im Gasthaus gegessen hatten, ging plötzlich ein starkes Gewitter los. Es hat den ganzen Nachmittag so geschüttet, dass wir nicht mehr weiterfahren konnten, weil die Straßen überflutet waren. Deshalb haben wir hier im Gasthaus übernachtet. Sie haben sich sofort nach dem Abendessen ins Bett gelegt. Sie wollten das Buch, das Sie in Bukarest an der Rezeption bekommen haben unbedingt lesen, da sind Sie vermutlich sehr spät eingeschlafen."

Stefan gähnte und stand auf. Er ging zum Fenster und blickte nach draußen. Kinder spielten auf der Straße vor bunten Häusern. Langsam kam die Erinnerung an den Vortag zurück. Er wandte seinen Blick zum Bett und sah auf der Bettdecke das Buch mit den goldenen Rändern.

Er nahm es in die Hand und las mit lauter Stimme: „Die Walachei zwischen 1450 und 1500." Dann sah er den Fahrer an und sagte: „Ich hatte einen wirklich seltsamen Traum."

Printed in Great Britain
by Amazon

15394925R00091